7인의 세계

7인의 세계

이지민

차례

프롤로그	007
1장	036
2장	096
3장	144
4장	169
5장	196
에필로그	224
작가의 말	230

프롤로그

　바람 한 점 없는 깊고 고요한 밤. 유일하게 빛나는 건 구름에 가려진 달도, 수백 광년 떨어져 자신을 태우는 별들도 아닌, 손님 하나 없는 편의점뿐이다.
　LED 빛에 반짝이는 검은 눈동자가 위아래로 요동치며 밤을 질주한다. 그의 머릿속에는 오직 '달리라'는 명령만이 가득하다. 이토록 가쁜 숨을 내쉬며 당도하고자 하는 곳은 그가 사랑해 마지않던 자기 집이다.
　대체 무엇이 그로 하여금 사색에 뒤덮여 달음박질치게 만든 걸까. 강도? 사채업자? 괴한이나 괴수? 어쩌면 죽음의 사신일까? 아니다. 그 어떤 기괴한 존재도 아닌, 자기 자신에게서 도망치는 중이다. 그의 가슴속 깊이 뿌리내려 한 몸이 된 두려움에 몸을 가만히 두지 못하고 그저 달릴 수밖에 없는 것이다.

그는 이미 잘 알고 있었다. 자신의 행위가 그 끔찍한 것과의 격돌을 피할 수 없게 만든다는 사실을. 그러나 그는 다리를 멈출 수 없었다. 불안과 두려움의 근원이 여전히 그의 보금자리를 오염시키고 있기 때문이다. 그것은 존재만으로 그의 평안했던 39년 인생에 가장 치명적인 심리적 격동을 안겨주었다.

모든 일의 시작은 어제, 유독 햇볕이 나른하게 내리쬐던 어느 봄날에 발톱을 드러냈다.

아버지의 장례식으로부터 벌써 2주나 지났다. 노인 혼자 지내기에는 과했던 저택이라 그런지, 유품을 정리하는 게 마냥 순조롭지는 않은가 보다. 나보고 분류하는 걸 도와달라고 부탁할 정도라니. 물론 처분할 짐과 보관할 짐을 구분하는 것은 유일한 가족인 내 몫이겠지만, 왠지 떠맡았다는 기분이 드는 것은 그 직원의 말투 때문일까? 다급하게 전화를 걸어 자기 할 말만 하고 끊어버린 직원을 회상하며, 도로 끝에서부터 적색 제동등이 하나둘씩 켜지는 것을 바라보았다.

아버지는 말 그대로 희대의 천재였던 김신이니까. 단

순한 부잣집 정리 수준이 아니긴 하겠지. 수많은 연구와 개발, 발명으로 21세기의 과학기술을 몇 단계나 앞당긴, 세상을 떠난 지금도 여전히 그리고 앞으로도 영원히 칭송받을 위대한 영웅이라는 인터넷 기사가 떠올랐다. 그런 영웅의 방에는 얼마나 놀랄 만한 것들이 있을까?

아들이었지만, 어머니가 병으로 세상을 떠난 후 모든 관계를 끊고 저택에 틀어박힌 아버지의 비밀스러운 독거 생활이 궁금한 건 매한가지다. 아버지의 평생을 단서로 유추해 보면, 결코 홀로 남아 빈둥대거나 시간 죽이기에 최선을 다할 분은 아니셨다. 분명 그 넓은 저택 어딘가에서 음흉한 실험을 꾸미고 계셨을 것이다. 어쩌면 발견한 것만으로도 노벨상을 받을 만한 성과가 책상 위에 무심하게 남아 있을지도 모르는 일이다.

저택의 1층은 이미 정리를 끝낸 상태니 곧장 2층으로 올라가달라는 문자가 도착했다. 의외로 튀는 걸 좋아하시던 아버지의 번쩍번쩍하고 화려한 가구들은 언제나 강력한 존재감을 뿜어냈다. 미적 감각이 하나도 없다고 자부하는 꼬마 시절의 나조차도 그 앞에 홀린 듯 걸음을 멈췄던 기억이 떠오른다.

특이하게도 가구나 식기에 사용감이 거의 없었다는 추가문자가 연이어 도착했다. 아버지를 제외하고 그 저택에 발을 들이는 사람이 일 년에도 다섯 명이 채 안 될 거라고 예상하는 나로서는 크게 이상하지 않았다.

업체 직원들도 저택의 주인을 알기 때문에, 2층으로 선뜻 올라가 볼 생각은 못 한 것 같았다. 그곳은 마치 성서의 지성소처럼 가장 거룩하면서도 정체를 알 수 없는 불길함이 느껴지는 곳이라나 뭐라나. 지레 겁먹은 것이 틀림없다. 중간 보고차 통화한 사장님도 마치 판도라의 상자 같았다는 말을 웃으면서 덧붙였었다.

운전석 의자를 한껏 뒤로 젖히고 눈을 감고 있는 내 모습이 어느새 일상이 되어버린 요즘. 결국 핸들도 없애고 내부 공간을 최대한 넓게 만든 차량마저 출시되고 있었다. 오글거리지만, 흔히 말하는 '김신의 위대한 다섯 가지 혁신' 중에서 특히 '완전자율주행 자동차'는 전 인류의 삶의 질을 크게 끌어올렸다고 생각한다.

한때 테슬라가 자율주행 분야의 선두 주자였던 건 분명했지만, 기약 없이 지체되는 상황에 아버지도 답답했을 거야. 도리를 지키느라 암묵적인 유예기간을 두었지만, 무엇보다 본인의 편의를 위해 자율주행 자동차에 관심을 기울이지 않았을까? 뚜렷한 성과를 보여주지 못한 테슬라에게 사형선고가 내려진 시점이 아버지의 '선언' 이후 1년이 조금 지났을 때니까, 마음만 먹었으면 언제라도 가능했을 거라는 게 세간에 널리 퍼진 인식이었다.

흔히 자율주행의 가장 큰 난관이 기술력이라고 생각하지만, 이는 잘못된 생각이다. 모든 이동을 최적으로 진행하기 위해서는 소프트웨어 개발과 동시에 막대한 인프라와 네트워크를 함께 구축해야 하는데, 이를 위해 필요한 금액은 천문학적인 수치를 가뿐히 뛰어넘는다. 아버지는 V2X 통신 기술을 활용하여 차량과 도로, 신호등 간의 정보를 가장 효율적으로 주고받는 독자적인 시스템을 개발했다.

심지어 아버지는 투자도 일절 받지 않았다. 이 과정에서 "개인이 그 정도의 재력을 가지는 것이 가능한 일인가?", "세금을 온전히 내는 게 확실한가?", "부정한 일에 손댄 것이 아닌가?"하는 수많은 의혹과 스캔들이 터졌다. 물론 철저한 진상 규명을 통해 아버지의 인생에 불법은 없었다는 것 역으로 증명되었지만 말이다.

이러한 혁신에서는 심각한 법적 규제와 윤리적 고민을 동반될 수밖에 없었다. 사고 발생 시 책임 문제, 데이터 프라이버시, 도로 안전에 대한 논의가 끊임없이 이어졌다. 그럼에도 불구하고 이 모든 서사는 아버지가 단순한 기술 개발자를 넘어 사회 전반에 파문을 일으킨 혁신가로서 인정받게 했다. 완전자율주행 자동차는 교통 혼잡을 줄이고, 대중교통의 패러다임을 변화시켰다. 그 결과, 영원할 줄 알았던 논란들은 어느 순간부터 자취를 감췄다.

아버지의 유산이 넉넉했다면 어땠을까 하는 파렴치한 생각이 머리를 스쳤다. 대부분의 자산을 완전자율주행 자동차에 투자했지만, 대한민국을 넘어 세계 곳곳에 아버지의 영향이 미치지 않은 도로가 없으니까. 만약 나에게 남긴 유산이 있었다면 그것은 반드시 일반적인 수준을 넘어섰으리라.

여기까지 생각이 미치기 시작하니 나 자신이 조금 한심해졌다. 아니야, 나는 이미 만족스러운 삶을 살고 있잖아. 김신의 아들로서가 아니라, 내가 스스로 이룩한 것들을 봐야 해. 거기다 그렇게 큰돈이 있다면 분명 제정신으로 살 수 없을 거야. 아이들도 점점 커가는데, 돈이 세상 전부라고 믿게 하고 싶지 않아. 아버지니까 돈보다 연구랑 실험에 집중했던 거지, 나는 그런 재능을 물려받지 못했잖아? 이왕 가는 거 소소하게 추억할 만한 유품이 있으면 챙겨서 돌아가는 거야. 아마 그런 건 없겠지만…

김신의 아들은 아버지가 자신을 버렸다고 굳게 믿고 있었다. 김신이 진정으로 사랑한 사람은 오직 그의 아내

뿐이며, 자신은 단지 사랑의 부산물에 지나지 않는다는 생각은 고독한 청소년기를 보내며 깨닫기에는 너무나 잔혹한 진실이었다.

사실 "버렸다"는 표현은 적절하지 않다. 김신은 자신이 유일하게 사랑했던 아내를 잃은 뒤 홀로 살아갔지만, 아들에게는 아낌없는 재정적 지원을 해주었다. 중학교 입학 무렵부터 매달 수백만 원의 용돈을 보냈고, 시간이 지날수록 잔고는 넉넉해졌다. 그러나 그와 반대로 메말라가는 아들의 마음까지는 헤아리지 못했다. 아내 외의 사람에게 사랑을 표현하는 방법을 몰랐을 뿐이고, 그런 자신의 속사정을 설명할 길도 없었다. 그럼에도 불구하고, 대학을 졸업할 즈음 5억 원에 가까웠던 재산은 그의 아들이 여타 동기들보다 한발 앞서 성공할 수 있었던 중요한 발판이 되었음은 분명하다.

어느새 도착한 저택은 기억 속 모습 그대로 굳건한 위엄을 드러내고 있다. 하염없이 기다려 봤자 주인이 다시는 돌아올 수 없다는 걸 아는지, 저택에서 불어오는 산바람 소리는 비애로 가득하다. 부모님이 모두 살아계시던 시절, 이곳은 별장으로 사용되었고 방학마다 이곳에서 시간을 보냈다. 그때는 언제나 즐거운 장소였지만, 지금은 무척이나 외로워 보인다.

저택은 아버지의 취향을 엿볼 수 있는 좋은 소재다. 얼굴도 기억나지 않는 어머니가 들려주신 옛이야기 속에서, 어머니는 아버지가 이 저택을 짓기 위해 모아둔 돈을 모두 써버릴까 봐 내심 걱정하셨다고 하셨다. 대문은 두꺼운 참나무 원목으로 만들어졌고, 깊은 갈색은 세월을 담고 있었다. 문 표면에 새겨진 세밀한 조각이 고풍스러운 매력을 뽐냈고, 금속 손잡이는 차갑게 빛나며 방문객을 따스하게 맞이했다. 문을 열고 안으로 들어서자 넓은 로비가 펼쳐졌다. 대리석 바닥은 햇빛을 받아 반짝였고, 아치형 창문을 통해 자연의 푸른 아름다움이 내부로 들어왔다. 창틀은 세련된 화이트 페인트로 마감되어 외부의 청초한 경관과 섬세한 조화를 이루었다.

문자로 연락받은 대로 1층에 있던 가구들은 모두 정리된 상태여서 휑한 느낌이 들었지만, 2층으로 향하는 길에는 견고한 계단이 놓여 있었다. 나무의 자연스러운 색감이 그대로 드러나며, 아래에서 위로 오르는 동안 느껴지는 온기가 마음을 편안하게 해주었다. 계단의 난간은 금속과 유리로 조합되어 현대적인 느낌을 주며, 안전성까지 고려한 디자인으로 되어 있었다.

최근에 몇 년 사이에 지어진 모든 건물에는 '스마트

리프트'가 의무적으로 도입되어 이런 구식 계단 자체를 오랜만에 본다. 그만큼 허벅지와 종아리 근육을 사용하지 않은 탓인지, 고작 2층까지 올라가는데 다리에서 통증이 느껴지기 시작했다.

보통의 과학자나 연구자의 체력이 엉망이라는 낡은 고정관념은 그간 아버지 소식을 통해 박살 난 지 오래였다. 신체 나이를 잊어버린 듯한 아버지의 모습을 담은 기사가 쏟아졌을 때는 중장년층의 헬스장 등록 비율이 몇 배나 증가하는 바람에 의도치 않게 전국의 헬스인들로부터 열렬한 지지를 받기도 했다. 늙어가는 아버지에게 체력을 잃는 것은 수치였다. 과학이 아무리 발달해도 신체는 움직이면서 건강해진다는 말을 질리도록 들었지만 난 언제나 헬스장에 등록하는 것까지가 한계였다.

마지막 계단을 밟고 올라서자, 바닥에 깔린 고급스러운 융단이 눈에 들어왔다. 그 위를 내딛는 발걸음마다 부드러운 소리가 울려 퍼져 손님의 방문을 알렸.

눈앞에 보이는 아버지의 방으로 들어가자, 펼쳐진 광경은 그야말로 김신의 영역이었다. 넓은 책상 위에는 여러 가지 실험 도구와 자료들이 뒤섞여 있었고, 한쪽 벽면에는 책이 빽빽하게 들어선 책장이 자리 잡고 있었다. 책장은 다양한 주제의 논문들로 가득 차 있었으며, 그 사이 사이에는 정리되지 않은 실험 노트와 메모들도 눈에 띄었다. 책장 맞은편에는 초대형 칠판이 붙어 있었고, 그 위에는 복잡한 공식과 아이디어들이 적혀 있었다. 방의 전등은 꺼져 있었지만, 창문을 통해 들어온 햇빛이 칙칙한 방을 황금 궁전으로 만들어주었다. 궁전의 공기는 여전히 긴장과 집중이 뒤섞인 가운데, 창의적인 에너지가 흐르고 있었다.

"여기가 바로 혁신의 모체라는 건가."

이곳에 오니, 한때는 도저히 이해할 수 없을 것 같았던 아버지를 이제는 조금은 이해할 수 있을 것 같았다. 나는 아버지의 의자에 앉아, 살며시 두 눈을 감았다.

눈을 다시 뜬 것은 해가 사라지고 유리창을 통해 어둑해진 산속의 냉기가 느껴졌을 때였다.

"언제 잠든 거지?"

뻐근해진 목과 허리가 회복되기를 기다리며, 느긋하게 방안을 다시 둘러보았다. 도서관이나 대학에 보내주면 도움이 될지는 몰라도, 연구자도 아닌 나에게는 그저 이해할 수 없는 텍스트의 집합이었다. 남들에게 말하기도 시시한 감상은 벽 한쪽 구석의 이질적인 곳을 발견하자마자 감쪽같이 사라졌다.

처음 느껴보는 묘한 기대감과 흥분이 온몸을 휘감았고, 전신에 이유 모를 전율마저 흘렀다. 그 감각은 부드러운 방안의 조화를 깨는 차가운 철문 때문이었다. 문을 향해 한 발짝 두 발짝 나아가면서 확신했다. 이 너머에는 내가 기대했던 비밀스러운 무언가가 있을 거라고. 1급 기밀 자료일까? 아니면 극비 실험실? 뭐가 되었든 이곳으로 들어가면 전혀 다른 세상에 갇힐 것만 같은 불안감에도 움직이는 다리를 멈출 수 없었다. 순간적으로 아내와 아이들의 환한 미소가 떠올랐지만, 이내 머리를 털며 현재에 집중하기로 마음먹었다. 어쩌면 아버지가 세상을 떠난 지금, 이곳의 존재를 아는 사람은 나뿐이라는 막연한 우월감에 취해 결국 문을 열었다.

한동안 출입한 사람이 없었는지, 쌓여 있던 먼지가 한꺼번에 날려서 기침이 연이어 나왔다. 먼지가 가라앉기를 기다린 뒤, 다시 조심스럽게 왼발부터 집어넣었다. 이제는 달빛이 방안을 희미하게 비추고 있었지만, 철의 문턱은 넘지 못했다. 새까만 어둠이 탐욕스럽게 나를 노려보았다. 조금이라도 긴장을 놓친다면 그 검은 구멍에 빨려 들어가 영영 벗어날 수 없을 것 같은 불길한 예감이 들었다.

다행히 왼쪽 벽에서 불을 켤 수 있는 스위치를 찾았

고, 문제없이 작동했다. 전등이 켜짐과 동시에 천장에서 환풍기가 작동하는 소리도 들렸다. 넓은 공간에 이렇다 할 무언가가 없는, 한마디로 그냥 창고였다.

내 생각을 증명하듯 이사할 때 사용하는 파란 상자 몇 개가 문으로부터 멀지 않은 곳에 놓여 있었다. 다가가서 상자를 열어 들여다보니, 안에는 가족사진이 들어있는 앨범과 내가 어렸을 적 가지고 놀았던 장난감, 동화책, 인형들이 들어있었다. 이런 물건들이 있었다는 사실조차 잊고 있었는데, 보자마자 추억이 새록새록 떠올랐다.

나는 그리워하지 않으려고 애썼던 과거였지만, 아버지는 이렇게라도 그 시절을 간직하고 싶으셨던 걸까? 상자 속 물건들은 관리가 된 건지 상태가 그럭저럭 괜찮았지만, 추억은 추억으로 남기는 게 아름답기에 오래된 가족 앨범 하나만 조심스레 품속에 넣었다.

금방 느꼈던 불길한 예감을 기분 탓으로 치부하며 돌아가려는데, 금고 하나가 눈에 띄었다. 문에 살짝 가려져서 눈치채지 못했지만, 확실히 금고였다. 아까부터 불안했던 이유가 이건가? 몸은 얼어붙어, 간신히 침만 꼴깍 삼킬 수 있었다. 자세히 보니 디지털 패드로 열리는 방식인 것 같았다. 패드를 문지르자 경쾌하고 맑은 디지털 사운드가 들리며 철컥 소리가 났다.

"아 뭐야! 잠긴 건가?!"

잘못 만져서 잠긴 줄 알고 황급히 수습하려 금고를 흔들었는데, 잠기긴커녕 너무나 손쉽게 열렸다. 지문이나 센서를 통해 나를 인지하고 열어준 걸까? 어쨌든 그건 이제 중요한 문제가 아니다. 아버지가 금고에 넣어야만 했던 것이 무엇인지, 그 비밀을 알게 되는 유일한 사람이 바로 나라는 사실만이 중요했다.

금고 속에는 수십 년 전에 출시된 노트북 하나와 비교적 최근 것으로 보이는 자료들이 있었다. 연구 자료 파일에는 인류의 진화를 초래할 [타임머신]이나 [영생]에 관한 내용이 적나라하게 담겨 있었다. 발표만 한다면 지금과는 완전히 다른 세상에서 살게 되겠지만, 이걸 두고 벌어질 갈등이 생생하게 그려져서, 이대로 금고에 넣어두는 게 안전할 것 같았다. 문제는 옆에 있던 노트북이었다.

노트북 키보드 아래에 〈Der Mensch ist ein Tier, das seine eigene Existenz hinterfragt〉라는 문구가 각인되어 있었다. 그 구절은 분명 아버지가 종종 되뇌던 문구였다. 끊임없이 자신의 존재와 본질에 대해 질문을 던지고 답을 찾아 나가는 것이 인생이라고 거듭 강조하셨기에, 내가 유일하게 알고 있는 독일어 문장이었다.

아리송한 채로 있어 봐야 아무것도 알아낼 수 없으니 곧장 전원 버튼을 눌러보았지만, 배터리가 방전된 건지 작동하지 않았다. 뭐가 들어 있는지 모르겠지만, 우선 확인을 위해 노트북도 챙겼다.

그렇게 품속에 가족 앨범과 노트북을 넣고 어두워진 계단을 휴대폰 플래시로 비추며 내려왔다. 큼지막한 대문을 닫고 마음이 놓이는 차에 돌아오자, 긴장이 풀리면서 곡소리가 나왔다. 눈치채지 못했지만, 꽤 긴장하고 있었던 모양이다. 운전석에 앉아 물끄러미 저택을 바라보자, 어쩌면 이제 볼 수 없는 장소이자 아버지의 유일했던 보금자리가 그리워질 것 같았다.

잠깐 눈을 감고 묵념한 뒤 목적지를 말했다. 차체의 부드러운 움직임에 몸을 맡기고, 나는 깊은 잠에 빠져들었다. 먼 곳에서의 긴 여행이 나를 지치게 했던 것 같다.

눈을 뜨니 이미 늦은 밤, 차의 디스플레이에는 새벽 2시가 넘은 시간이 표시되어 있었다. 드넓은 우주처럼 주변은 어둡고 고요했다. 나는 조심스럽게 차에서 내렸다. 이 도시의 정적을 망가뜨리고 싶지 않았기 때문이다. 서둘러 가족들이 곤히 잠들어 있을 집으로 향했다.

예상대로 현관 비밀번호를 누르는 소리에도 인기척이

없었다. 언제나 켜두는 연보랏빛 무드등만이 나를 환영하듯 부드럽게 빛나고 있었다. 들리는 건 냉장고의 작동음밖에 없는 극한의 고요 속에서, 한평생 비행하는 파리조차 고요의 늪으로 빠져들어 있었다. 자정을 훌쩍 넘긴 시점에서 잠을 깨운다는 건 내일을 매우 피곤하게 만든다는 사실을 너무나 잘 알기에, 나는 발끝으로 바닥을 살짝 스치며 조심스럽게 안방으로 나아갔다.

침대에서 세상 모르게 잠든 아내 곁으로 다가가, 얼굴을 바라보았다. 그녀의 규칙적인 숨소리는 이 비밀스러운 잠입 작전이 성공했다는 것을 의미했다. 나는 마음속으로 안도의 한숨을 쉬며, 그녀의 곁에 누워 다시 한번 고요한 순간을 만끽했다. 이 평화로운 시간 속에서 하루의 피로가 조금씩 씻겨 나가는 듯한 기분이 들었다. 주변의 정적이 더욱 깊어지고, 아내의 고요한 숨소리가 나를 감싸안았다.

띠 띠- 띠- 띠- 띠 띠 띠- 띠- 띠 띠 띠- 띠
알람 소리가 7시 30분을 알린다.
"아 뭐야… 오늘 휴간데…"
조금 더 있으면 자동으로 꺼지겠지. 이불 속에서 1초, 2초 시간을 수집하다가 불현듯 옆자리가 비어 있다는 걸

눈치챘다. 분명 아직 출근 시간 전일 텐데? 뭔가 이상해서 오른팔을 쭉 뻗어 머리맡에 있는 휴대폰을 낚아챘다. "오늘 우리 여행 가는 날이라 인사하고 갈까 했는데 너무 곤히 자고 있어서 그냥 조용히 출발했어. 나 없다고 신나서 삼시 세끼 라면만 먹지 말고. 냉장고에 재료 많으니까, 호카한테 부탁해서 잘 챙겨 먹어. 사랑해~" 메시지에 첨부된 이미지 속의 나는 양팔을 머리 위로 들고 배꼽을 드러내고 세상 물정 모르는 아이처럼 단잠에 빠져 있었다.

"내가 이렇게 잔다고?"

처음 보는 낯선 모습에 너털웃음이 났다. 가장 최근에 도착한 메시지에는 아이들이 비행기에 타고 흥분한 모습이 담겨 있었다. 조심해서 다녀오라는 답장을 남기고 기지개를 좌우로 5초간 펴니 정신이 맑아지고 온몸으로 혈액이 퍼지는 게 느껴졌다.

거실로 나가자 짐 싸기로 분주했던 새벽의 잔해가 널려 있었다. 애써 그것들을 무시하며 500ml 생수병을 따서 한입에 마셨다. 간밤에 쌓인 노폐물을 청소하는 과정은 어느새 하나의 습관으로 자리잡혔다. 매일 아침 손가락을 찌르는 일도 잊지 않았다. 처음에는 아침마다 피를 흘려야 한다는 사실이 마음에 들지 않았지만, 이제는 하루를 짜릿하게 시작할 수 있어 오히려 하지 않으면 허전했다. 조용한 분위기를 즐기며 자유를 만끽하자, 혼자만의 첫 식사를 완벽하게 요리해 내고 싶다는 생각에 냉장고를 열었다.

"어제 무슨 온종일 장만 봤나? 뭐가 이렇게 많아?"

신선한 재료로 가득 찬 냉장고를 보니 오히려 의욕이 사라졌다. 결국, HOKA(Health Optimization Kitchen Assistant)의 패널을 두드렸다. 우리의 친절한 주방장 호카는 이미 혈액 분석을 완료한 상태로 내 주문만 기다리고 있었다.

{탄수화물 75g, 단백질 30g, 지방 20g, 비타민 D 15 μg, 칼슘 400mg, 철분 10mg 섭취 권장}

어제 늦게까지 깨어 있었으니, 아침밥은 든든하게 국밥으로 하자. 요리 시간을 20분으로 맞추자 즉시 냉장고에서 바스락거리는 소리가 들렸다.

"맨날 '포만 비타민'만 먹다가 제대로 된 밥을 먹으려니까 진짜 휴가라는 느낌인데? 대충 씻고 나오면 딱 맞겠다."

다 구겨진 셔츠를 벗고 화장실로 향했다. 샤워기에서 흐르는 물의 리듬에 맞춰, 최신 유행 어린이 애니메이션의 주제가를 나도 모르게 흥얼거렸다. 딸들이란 귀여운

공주 애니메이션의 주제가를 일주일 밤낮으로 불러도 질리지 않는 생명체라는 것을 깨닫는 요즘이었다. 하루가 멀게 그 노래를 불러대니, 업무를 보면서 무의식중에 흥얼거리던 내 모습을 발견하고 필사적으로 웃음을 참았던 기억이 난다.

운이 좋게도 수증기가 가득한 욕실에서 나오자마자 요리 완료를 알리는 알림 소리가 들려왔다. 대충 머리에서 떨어지는 물방울을 털어내고, 미끄러지지 않게 조심하며 식탁 위에 놓인 뜨끈한 국밥을 재빨리 거실로 옮겼다. 거실 한가운데에 작은 식탁을 펼치고 텔레비전을 켜서, 여유가 없어서 못 봤던 드라마의 첫 화를 재생했다. 평소에는 모든 영상을 1.5배속이나 2배속으로 보곤 했지만, 이번 휴가에는 시간에 쫓기지 않고 느긋하게 원래 속도로 감상하기로 다짐했다.

시간이 흐르고 드라마는 결말에 이르렀다. 믿었던 동료에게 배신당해 죽음을 택한 아버지의 복수를 아들이 이어간다는 지극히 뻔하고 진부한 전개였지만, 이런 것조차 자신이 진정으로 쉬고 있다는 위안이 된다면 충분했다.

여덟 편을 쉬지 않고 본 탓일까. 과자와 과일 껍질, 빈

그릇들을 정리하려고 일어서는 순간, 머리가 핑 돌며 온 몸의 힘이 쫙 빠져나갔다. 다행히 소파로 쓰러져 큰 부상은 피했지만, 그 순간 나이를 다시 한번 실감했다. 물론 지금도 행복하긴 하지만, 내일모레 마흔인 내가 혼자서 이뤄낸 것이 뭐 하나 있었던가. 혼자 있는 시간이 길어질수록 나에게 질문을 던질 기회도 많아졌다. 무심코 던진 질문들에 맞아 아파하는 개구리 같은 자신을 보게 되는 것은 참으로 괴로운 일이었다.

자기혐오의 늪에 구원의 동아줄을 내려준 것은 이십 년 지기 친구, 창윤이의 연락이었다. 휴가인 걸 아내에게서 들어 알고 있으니, 거하게 한잔하자는 권유였다. 창윤이라면 내 고민 따위는 시원하게 날려줄 수 있지 않을까? 출출해지던 차에 잘된 것 같아서 금방 가겠다고 답장한 뒤 겉옷을 걸쳤다. 어젯밤 집으로 돌아와서 벗어버렸던 바지 주머니에서 차 키를 찾아 바로 주차장으로 향했.

"뭔가 깜빡한 게 있나? 가스? 불? 현관도 제대로 닫힌 거 확인했는데 왜 이렇게 찜찜하지?"

평소라면 하지도 않았을 혼잣말을 계속 중얼거리며 자동차의 시동을 켜는 순간, 조수석에서 종일 나만을 기다려온 것들의 정체를 알 수 있었다. 어제 아버지의 집에서 챙겨 나왔던 가족 앨범과 정체불명의 노트북이었다.

깊은 한숨이 절로 나왔다. 지금 차를 몰고 나가 모든 괴로운 것들을 잊어버리는 것은 너무나 간단하다. 이대로 목적지를 말하기만 하면 모든 것이 순조롭게 흘러갈 것이다. 하지만 아직 정체를 알 수 없는 노트북의 존재감에 압도당한 것도 사실이다. 마치 자신을 옆에 두고 어떻게 다른 생각을 할 수 있는지를 나에게 묻는 질투심 강한 애인 같았다.

분명 오늘 술에 취해 집에 들어오면 그 영향은 내일까지 제대로 살아내지 못하게 만들 것이고, 그런 하루하루가 쌓여 결국 이번 휴가 역시 노트북의 정체를 밝혀내지 못하고 창고에 박아두는 결과로 이어질 게 뻔했다. 어쩌면 아버지가 남긴 마지막 비밀을 평생 먼지 속에 가려지게 만들 수는 없는 노릇이었다.

창윤이한테 전화를 걸었다. 오랜만에 만난다고 벌써 대학 친구들도 부른 모양이었다. 전화기 너머로 최소 다섯 명 이상의 웃음소리가 섞여 들렸다. 지금까지 잊고 있었던 아버지 유품을 정리해야 해서 못 놀 것 같다고 전했다.

창윤이는 몹시 아쉬워하는 목소리였지만, 알겠다고 하더니 더는 잡지 않았다. 그게 이 친구와 오랫동안 관계를 이어갔던 큰 이유 중 하나였으며, 창윤이가 나를 어떻게 생각하고 있는지를 잘 보여주는 태도였다. 나도 항상 이 친구를 통해 나 자신의 모습을 반성하고 고치려고 했다. 다음을 기약하며 집이 있는 7층의 버튼을 눌렀다. 양손에 앨범과 노트북을 들고.

    노트북과 맞는 충전기 단자를 찾는 게 일이었다. 정말 오래된 제품이라 없을 수도 있겠다고 생각하던 찰나, 잡동사니를 담아둔 플라스틱 상자의 가장 아래에서 발견해 낚아 올렸다. 충전기는 예상대로 먼지투성이였고 길이도 짧았지만, 지금은 그걸로 충분했다. 손으로 가장자리를 잡고 원심력을 이용해 강하게 원을 그리자 큰 먼지들이 멀리 날아갔다.
    만반의 준비를 마치자 괜스레 긴장되기 시작했다. 과연 어떤 것들이 들어있길래 금고 속에 보관하셨던 걸까? 천지개벽할 내용은 노트북과 함께 있던 자료들에도 충분했는데, 굳이 다른 형태로 보관하시다니. 무슨 프로그램을 만들어 놓았으려나? 아무리 그래도 이번 달에 출시된 신제품만 네 개가 넘는데, 이런 구닥다리를 고집할 이유가 전혀 없었다. 이쯤 되니 아버지 같은 괴짜라면 별것도 없는 노트북을 둘 곳이 없어서 금고를 택했을 수도 있겠다는 결론에 도달했다.

아무리 아버지가 특이해도 그 정도로 상식을 벗어나셨을까 하는 의문은 잠깐의 고민 후 말끔히 사라졌다. 추측이 맞든 아니든 덕분에 부담감이 조금 가셨고, 드디어 진실을 마주할 용기가 생겼다. 전원을 켜보자, 바탕화면에 보이는 것은 기본 아이콘뿐이었다.

"뭐야, 별거 아니었네. 술이나 마실걸."

바탕화면에서부터 기밀의 향기가 끈적하게 풍기길 바랐던 나는 입맛을 다시며, 기분 좋게 취해있을 창윤이를 생각했다. 혹시나 하는 마음으로 클릭한 '내 PC'의 4.8PB 저장공간을 보지 못했다면 그대로 집을 나섰을 것이다.

"4… 4? 아니, 거의 5페타나 다름없네? 이게 무슨 일이야. 대체 뭐가 들어있는 거지? 아니, 애초에 이런 구식 노트북에 이게 다 들어간다고? 페타바이트면 1테라가 천 개잖아. 별거 아니긴 개뿔. 잘도 숨겨놨네요. 아버지."

분명 뭔가 있었다. 그것도 심각하게 어마어마한 것 말이다. 보통의 노트북은 일반적인 수준으로 맞춰져서 출시되기 마련이다. 그것이 당연하고 상식적인 세상의 일이다. 하지만 아버지의 상식을 벗어난 노트북은 그 내용물조차 일반적인 범위를 뛰어넘었을 것이 분명했다.

방대한 자료를 찾는 것은 간단했다. 그것만을 위한 노

트북이라고 말할 수 있을 정도로 다른 잡다한 것들은 존재하지 않았다.

그것들은 모두 하나의 실험을 가리키고 있었다. 생전 아버지가 극비리에 진행했던 어떤 실험. 실험에 대한 자료는 읽어 내려갈수록 도통 이해할 수 없는 문장들의 나열이었다. 흔히 요즘 애들은 문해력이 너무 부족하다는 말과는 별개로 글의 의미가 현실에서 가능한 일인지, 나의 이해력을 의심하기 시작했다. 몇 차례나 첫 페이지로 돌아가며, 어느 소설의 한 부분을 발췌한 것이길 빌고 또 빌었다. 그러나 간절함만으로는 세상에 해결할 수 없는 문제가 너무나 많듯이, 나의 완벽한 독해력을 인정할 수밖에 없었다.

아버지는 양면성을 교묘하게 숨긴 현대판 하이드 박사였던 것인가. 무고한 20대 청년들을 납치하고 감금시켰다니. 게다가 정신 개조는 또 뭔가? 이건 그냥 넘어갈 수 있는 사안이 아니다.

내가 태어나기도 전의 실험이지만, 아버지의 추악한 민낯을 이런 방식으로 알게 될 줄은 상상도 못 했다. 심지어 살인을 의미하는 듯한 문장까지 있다. 표지 바로 다음 장에 있는 이 실험 개요를 얼마나 뚫어지게 보고 있었는지도 모르겠다.

실 험 개 요

목적

본 실험은 인간과 고도화된 인공지능 간의 구별 가능성을 평가하고, 인공지능이 인간 사회에서 자연스럽게 융화될 수 있는지를 검증하는 데 그 목적이 있다. 이를 위해, 실험 대상자들은 강제적 신경 개조를 거친 후, 자율적 판단 과정을 통해 서로의 정체성을 규명해야 한다.

방법

본 연구의 특성상, 참가자들의 자발적인 협조가 불가능하다고 판단되었으며, 이에 따라 대상자는 강제적 방법을 통해 확보되었다. 실험군은 신체적·정신적으로 건강한 20대 남녀 7인으로 구성된다.

각 피실험자의 대뇌 피질과 신경망을 개조하여 특정 인공지능 알고리즘과 융합시키되, 대상자 본인은 자신의 신경 상태를 인지하지 못하도록 한다. 개조의 정도는 실험자 외 누구도 알 수 없으며, 실험 도중에도 이에 대한 정보는 제공되지 않는다.

검증 및 실험 절차

피실험자들은 제한된 공간에서 공동생활을 하며, 자율적 상호작용을 통해 서로의 정체성을 판단해야 한다.

매일 밤, 피실험자 전원은 내부 투표를 통해 가장 인공지능으로 의심되는 대상을 1인 선정한다.

투표 결과 최다득표자를 대상으로 개두(開頭) 수술을 시행하여, 해당 피실험자의 신경망이 인공지능으로 변환되었는지 검증한다.

실험이 종료될 때까지 이 과정은 반복되며, 인공지능으로 판별된 피실험자는 즉시 실험에서 제외된다.

탈출 및 종료 조건

실험군에 인공지능의 존재가 확인될 경우 실험을 지속하며, 인간만이 남았을 경우 탈출이 허용된다. 단, 실험의 특성상 최종 생존자가 반드시 인간일 것이라는 보장은 제공되지 않는다.

윤리적 고려

본 실험은 대상자의 자율성과 인격권을 배제한 상태에서 진행되며, 이에 대한 윤리적 책임은 실험 설계자에게 있다. 실험에 따른 심리적·신체적 부작용은 고려되지 않으며, 실험 진행 도중 발생하는 모든 부작용은 연구 목적상 감내해야 하는 변수로 간주한다.

기대 효과

본 연구는 인간과 인공지능 간의 구별 가능성을 실증적으로 검토함으로써, 인공지능의 사회적 통합 가능성을 평가하는 데 기여할 것이다. 또한, 인간 정체성의 본질적 요소를 규명하고, 신경 개조 기술이 인간의 사고 과정에 미치는 영향을 분석하는 기초 자료로 활용될 예정이다.

39년 만에 처음으로 혼돈을 감각했다. 세계의 리더이자 혁신가였던 아버지. 나를 버린 그가 위대한 영웅이라는 사실이, 얼마나 큰 위안이 되었던가. 그런데 그 영광과 찬사가 전혀 어울리지 않는 짐승만도 못한 범죄자가 내 아버지라니. 이 감정은 분노인가? 아니, 아니다. 그것만으로는 설명할 수 없는, 복합적이고 모순적인 감정의 소용돌이가 온 공간을 뒤덮었다.

소용돌이에 휩싸여 중심을 잃고 쓰러질 뻔했지만, 간신히 선반을 붙잡았다. 모든 것이 제자리로 돌아갈 때까지, 그렇게 시간을 벌었다. 숨이 막혔다. 신선한 공기가 필요했다. 밖으로 나가야만 했다. 구역질이 치밀어 올랐지만, 가까스로 참아냈다. 슬리퍼를 거꾸로 신은 것도 알아채지 못한 채, 가까운 편의점 테이블에 털썩 주저앉았다. 다행히 손님은 보이지 않았고, 아르바이트생은 꾸벅꾸벅 졸고 있었다. 그제야 안도의 한숨을 내쉬며, 천천히 심호흡했다.

점차 이성이 돌아오자, 수많은 의문이 떠올랐다. 아버지는 왜 이런 말도 안 되는 일을 계획한 걸까? 내가 본 것은 단지 계획서일 뿐, 실제로 실행되지 않았을 수도 있지 않을까? 확인하지 않았던 영상 파일도 있었지만, 그 안에는 단순히 시설을 건설하는 모습만이 끝없이 담겨 있을지도 모른다.

김신을 조금이라도 아는 사람이라면, 그런 생각들이 완전히 틀렸다는 것쯤은 처음부터 알고 있었을 것이다. 김신의 가장 대단한 점은 번뜩이는 아이디어를 한 치의 오차도 없이 실행하며, 반드시 원하는 결과를 만들어내는 능력이었다. 그러나 지금 그의 아들은 정신적 혼수상태에 빠져 있었다. 정상적인 사고가 마비된 채, 그저 자신에게 유리한 미래가 펼쳐질 것이라고 끊임없이 스스로

세뇌하고 있었다.

"좋아, 그럼 영상을 확인해 보면 되는 거지!"

애써 밝은 목소리를 내보지만, 그런 억지스러운 미소에 공감해 줄 관객은 어디에도 없었다. 집으로 향하는 발걸음은 한 걸음, 두 걸음씩 점점 무거워졌고, 열 번째 무게중심이 흔들릴 즈음, 왼쪽 다리가 굳어버렸다.

그는 두 손으로 다리를 끌어보기도 하고 들어보려 했지만, 마치 다리가 하나의 자아를 가진 듯 머리의 명령을 듣지 않았다. 남자는 서서히 악을 쓰기 시작했다. 주먹을 쥐고 허벅지를 세게 내려쳤다. 멍이 들 정도로 내려친 주먹은 점점 떨리기 시작했고, 결국 그마저도 굳어버렸다. 남자는 미쳐버릴 것만 같았다. 메두사의 머리카락이 다리에서부터 서서히 온몸을 감싸고 있는 듯한 기분이었다.

바람 한 점 없는 깊고 고요한 밤. 남자는 미친 듯이 뛰었다. 슬리퍼는 벗겨져 날아가고, 아스팔트 도로에 긁힌 발에서는 피가 배어 나왔지만 아랑곳하지 않았다. 멈춰버리면 죽어버릴 것만 같았다. 어떻게든 이 공포를 이겨내야 했다. 오히려 피투성이가 된 발을 통해 전해지는 통증이 그가 아직 살아 있음을 상기시켰다. 진실을 마주하고 결론을 내려야 했다.

그것이 잔혹하고 끔찍한 진실일지라도.

붉은 발자국이 마룻바닥을 따라 어지럽게 이어지다, 노트북 앞에서 멈췄다. 마치 이곳이 끝이자 시작이라는 듯. 그는 덜덜 떨리는 손끝으로 마우스를 움직였다. 한 번도 열지 않았던, 그 동영상 파일을 클릭했다.

딸깍.

노트북 화면에서 영상이 재생되기 시작했다. 소름 끼칠 정도로 고요한, 새하얗고 냉랭한 공간. 바닥도, 벽도, 문도, 그리고 중앙의 거대한 원탁까지도 새하얗게 물들어 있었다.

처음 들린 건, 정적을 뚫고 울려 퍼지는 날카로운 사이렌 소리였다.

1장

깡. 깡.

매일 듣는 지겨운 소리에 노이로제가 걸리지 않으면 다행이었다. 공사장에 하루도 빠짐없이 출근한 지 2년이 다 되어가지만, 철근 씹는 소리는 여전히 섬뜩했다. 점심시간이기도 하고 뜨거운 태양을 피할 겸 적당한 나무 그늘을 찾아 발로 큰 돌멩이를 걷어냈다. 바닥에 앉아 점심으로 받은 편의점 도시락을 꺼냈다.

혼자 밥을 먹는 게 또래가 없는 나에겐 오히려 편했지만, 최근 들어 최 씨 아저씨가 자꾸 말을 걸어왔다. 불쌍해 보였던 걸까? 지금도 두리번거리던 아저씨가 나를 발견하더니 손을 흔들며 다가왔다.

처음에는 무시할 수도 없어 적당히 대답하는 시늉만 했는데, 대화하면 할수록 좋은 사람이란 생각이 들었다.

"성민아, 너 언제까지 이렇게 지낼래?"

"네?"

웬일로 그 말 많던 아저씨가 조용히 밥만 먹는다 싶더니, 대뜸 영문 모를 질문을 던졌다.

"아, 설교하려는 건 아니고, 말 그대로야. 나 같은 배 나온 아저씨는 뭐라도 해야 사는 것 같지. 허접한 편의점 도시락만 던져주는 공사장이라도, 몸을 움직일 수 있으면 더할 나위 없는 활력소야. 근데 넌 아니잖아. 22살이면 앞으로 살날이 훨씬 더 많은데…

저번에 얼핏 들으니까 딱히 큰 목표도 없다며? 차라리 공부해서 학교라도 다녀. 경험을 쌓으란 말이야. 연애도 젊을 때 해야 나중에 이상한 사람 안 만나. 얼굴도 봐줄 만한 녀석이 이런 데만 있으면 금방 늙는다. 저기, 화장실에서 나오는 아저씨 보이지? 얼굴만 보면 나랑 동년배인데, 이제 막 엊그제 서른이었어.

아무튼, 결론은 인생에 정해진 건 없지만, 그 시절에만 할 수 있는 것들은 분명히 있다는 거지."

젓가락으로 계란말이 한 조각을 집어 들고 하는 말은 퍽 진지했다. 아저씨의 눈에는 지나온 과거가 아른거리는지 어딘가 서글퍼 보였다. 후회된다고 한 말은 분명 틀림없는 사실이겠지.

"저는 괜찮아요. 학교 같은 거 안 다녀도 여기서 돈 많이 벌어서 성공할 거라고요. 그때는 아저씨한테도 푸짐하게 밥 한 끼 살게요."

나는 아저씨를 향해 미소 지었다. 아저씨도 평소처럼 호탕한 웃음으로 화답했다.

"하하하. 그거 좋네. 대신 빨리 성공해라. 사람 언제 갈지 모르니까. 제삿밥이라도 쏘면 그건 그것대로 괜찮겠네. 기대하고 있으마. 슬슬 가볼까? 오늘 잘리지 않아야 성공하든 말든 할 거 아니냐."

아저씨는 공사장에서 누구보다 오래 일한 사람이었지만, 여전히 힘찬 발걸음을 간직하고 있었다. 힘차기만 할 뿐, 희망 대신 속이 텅 빈 톱니바퀴 하나가 돌아가고 있다는 건, 그의 화려한 웃음소리에 가려져 아무도 알지 못했다.

"야, 성민아! 빨리 안 오나? 지금 너 빼고 다 시작했어! 자자! 다들 안전이 최우선인 거 아시죠? 급하게 하다가 다치면 누구 손해다? 본인만 손해다!"

두 손을 입에 대고 확성기처럼 만든 작업반장의 목소리가 울려 퍼졌다. 반장님은 언제나 인상을 쓰고 있어 무서웠지만, 아들뻘 되는 내가 매일 고생하는 게 안쓰러운지, 유독 나를 부를 때마다 묘한 따뜻함이 묻어났다.

여느 때처럼 해가 다 져서야 집으로 돌아갈 수 있었다. 근처 편의점에 들러 잠들기 전 '하루 중 가장 행복한 맥주 타임'을 즐기기 위해 '4캔 만 원' 행사 상품을 집어 들었다.

편의점을 나서는 순간, 차가운 캔을 손에 쥔 감촉에 갈증이 더욱 심해졌다. 이걸 참을 수 있는 사람이 과연 있을까? 고민할 틈도 없이 캔 하나를 따서 꿀꺽꿀꺽 목구멍으로 털어 넣었다.

"키야. 죽인다."

계단을 내려가며 쓰레기통을 찾아 두리번거리는데, 갑자기 몸에서 영혼이 쫙 빠져나가는 듯한 느낌이 들었다. 순간 피로가 싹 날아간 기분이었지만, 뭔가 이상했다. 다리가 힘없이 풀려버리는 바람에 난간을 붙잡지 않았더라면 계단 아래로 그대로 굴러떨어졌을 것이다. 간신히 몸을 가누고 눈을 감았다 뜨기를 반복했지만, 점점 힘이 빠졌다.

눈꺼풀마저 무거워지면서 지금이 낮인지 밤인지조차 구분할 수 없게 되었다.

시끄러운 사이렌 소리에 눈을 떴다. 가장 먼저 보인 것은 낯선 백색 천장이었다. 2년간 동고동락했던 곰팡이 핀 원룸도, 회식 다음 날마다 보던 푸른 하늘의 따스한 햇볕도 아니었다. 마치 새하얀 눈이 소복이 쌓인, 그 누구의 손길도 닿지 않은 순백의 공간 같았다. 익숙한 곰팡내 대신 소독약 냄새가 코를 찔렀다. 침대는 지나치게 포근했고, 방 안의 온도는 기묘할 정도로 쾌적했다.

"여긴 어디지…?"

정확히 기억은 안 나지만, 술에 취해 쓰러진 나를 누군가 옮겨준 모양이었다. 꼭 고맙다고 인사해야겠다고 생각하며, 푹신한 침대의 감촉을 마음껏 누렸다. 22년 만에 처음 느껴보는 평온함이었다.

그러다 문득 불안이 엄습했다.

"아! 지금 몇 시지?! 여기서 이러고 있을 때가 아니야. 늦었으면 분명 저번처럼 엄청 혼날 텐데!"

몸을 일으키려다 문득 온몸에 낯선 감촉이 스쳤다. 새하얀 옷. 병원복 같기도 했지만, 그보단 더 단순하고 기계적으로 통일된 느낌이었다. 등골이 서늘해졌다. 이불을 더듬으며 휴대폰을 찾았지만, 어디에도 없었다. 불길했다. 비로소 뭔가 이상하게 흘러가고 있다는 사실을 어렴풋이 짐작할 수 있었다.

"이게 뭐야? 내가 왜 이런 걸 입고 있지?"

기억을 더듬으려는 순간, 강렬한 두통이 머리를 강타했다.

"큭…"

마치 머릿속을 억지로 비틀어 쥐는 듯한 통증이었다. 반사적으로 이불을 뒤집어쓰고 머리를 부여잡았다. 잠깐의 시간이 지나자, 통증이 가라앉았다. 숨을 골라 가며 천천히 주변을 둘러보았다. 이곳이 어딜까? 위험한 장소는 아니지 않을까? 만약 인신매매나 납치라면 나를 이렇게 자유롭게 놔둘 이유가 없잖아.

방을 둘러보니, 평범한 가정집의 한 방처럼 보였다. 세상에 존재하는 모든 색을 지워낸 듯 새하얗다는 것만 제외하면, 이 방은 지극히 일상적이었다. 만약, 누군가가 나를 감시하고 있었다면, 내가 깨어난 걸 알았을 텐데. 그런데도 아무런 반응이 없었다. 아, 그러고 보니 아까 들렸던 사이렌 소리는 대체 뭐였을까? 아직 알지 못하는 것들이 너무 많았다. 직접 조사해 봐야겠다. 책상 위엔 아무것도 없었고, 서랍을 열어보니 텅 비어 있었다.

"이러면 있으나 마나잖아. 그냥 구색만 맞춰놓은 건가?"

옷장 안에는 내가 입고 있는 것과 똑같은 새하얀 옷들

만 가지런히 걸려 있었다. 순간 등골이 서늘해졌다. 모든 단서가 혼란스러웠다. 남은 방법은 하나뿐이었다.

"결국, 저 문밖으로 나가봐야 하는 건가."

숨을 가다듬고 처음부터 그곳에 존재했던 문을 바라보았다. 다행히 잠금장치는 안쪽에 있었다. 최소한 갇힌 건 아니라는 뜻이었다. 하지만 그렇다면 이곳은 대체 뭘 위한 공간이지? 아무리 생각해도 알 수가 없었다.

두려운 마음으로 문손잡이 앞에 섰다. 문을 열기 전 귀를 대고 소리가 들리는지 확인해 보았다. 고요했다. 방음문인지, 아니면 내가 고요의 심해 속에 가라앉은 건지 알 방법은 문을 열고 밖으로 한 걸음을 내딛는 것뿐이었다.

조심스럽게 손잡이를 끝까지 돌리자, 한 남자의 거친 목소리가 들렸다. 조심스럽게 문을 살짝 열고 좁은 틈 사이로 내다보았다. 시야는 제한적이었지만, 두 남녀가 문틈 바로 정면에 서 있던 것은 행운이었다. 야생의 포식자들은 자신을 드러내지 않고 먹잇감을 노릴 수 있는 절호의 기회를 절대 헛되이 놓치지 않는다. 나는 온 신경을 집중하여 그들을 관찰하며 이야기에 귀를 기울였다. 여차하면 있는 힘껏 문을 박차고 뛰쳐나갈 준비도 마쳤다.

"……않아…! 뭐? 이게…!"

멀어서 정확히 들리지는 않았지만, 분위기가 심상치 않았다. 험악한 기운이 피부를 따갑게 찌를 정도였다. 하지만 의외였던 것은, 그들도 나와 같은 새하얀 옷을 입고 있었다는 사실이었다.

"아무래도 나 혼자만 이런 건 아닌 것 같네. 이걸 다행이라고 해야 할지…"

순간, 덩치 큰 남자가 여자를 향해 팔을 크게 들어 올렸다. 한 대라도 칠 기세였다. 나는 더 이상 지켜볼 수 없었다. 곧바로 문을 열고 뛰쳐나가 둘 사이로 몸을 밀어 넣었다.

"그만둬!"

그 순간 남자의 주먹이 나의 얼굴을 스쳤고, 입안에는 피 맛이 느껴졌다. 남자는 깜짝 놀란 듯 나를 노려보았다.

"뭐야, 넌 또?!"

나는 턱을 감싸 쥐며 이를 악물었다. 순간적으로 몸이 먼저 반응했지만, 상대는 덩치도 크고 힘도 강해 보였다. 그러자 그때, 또 다른 여자가 뒤늦게 뛰어나왔다.

"잠깐만요!"

그녀는 흥분한 남자를 가로막고 침착하게 말했다.

"너무 흥분한 거 같아요. 진정하세요. 옷을 입은 걸 보니, 여기 있는 모두가 같은 처지인 것 같은데, 이 이상 문제를 키우는 건 좋은 방법이 아니지 않을까요? 먼저 진정하고 차분하게 이야기해 봐요."

그녀의 논리적인 말에, 남자는 이성을 되찾은 듯했다. 여전히 심박수는 빠르고 양팔은 굳어 있었지만 말이다.

"흥. 그러시던지."

남자는 씩씩거리며 문이 활짝 열려 있던 방으로 들어갔다. 방문에는 크게 '7'이라는 숫자가 적혀 있었고, 아마 그가 나온 방일 것이다. 다시 보니, 내가 나온 방에도 '4'라는 숫자가 적혀 있었다. 그 방들은 가운데 있는 커다란 원탁을 둘러싸듯, 1부터 7까지의 숫자가 적힌 방들이 원형으로 배치되어 있었다.

"괜찮으세요? 저 때문에 다쳐서 어떡해요. 정말 죄송해요. 헉! 피가! 아, 119! 잠깐만요! 내 폰은 대체 어디 간 거야!?"

위협당하던 여자는 내가 대신 얻어맞은 것에 대해 과민하게 반응했다. 그녀는 정말 미안해 보였지만, 이미 정신적으로 혼란스러운 상태라서 더 그런 것 같았다. 나는 얼굴을 만져보았다. 정통으로 맞은 것도 아니었고, 입안에서 느껴졌던 피 맛은 입술이 살짝 찢어진 것이었다. 그게 턱까지 흘러서 크게 다친 것처럼 보였을 뿐이었다.

생각보다 멀쩡한 상태라서 소매로 흐르는 피를 닦으며 그녀를 제대로 바라봤다. 그녀는 한눈에 봐도 매력적이었다. 맑고 올곧은 눈동자, 넋을 잃게 만드는 길고 검은 머리칼이 돋보였다. 창백하리만치 하얀 피부와 대비되는 붉은 입술은 한겨울 눈 덮인 산속에 홀로 피어난 장미 한 송이를 연상케 했다. 그런 그녀가 지금 내 앞에서 울먹이고 있었다. 순식간에 얼굴이 붉어졌지만, 상처 부위를 만지는 척 손으로 가렸다.

"아. 그렇게 크게 다친 건 아니에요. 입술만 살짝 찢어진 것 같아요…"

"혹시 모르니까 한번 봐봐요. 아까 그 사람, 아무리 그래도 그렇지, 처음 본 사람한테 주먹을 휘두르다니. 다음에 만나면 제대로 얘기해 봐야겠네."

두 번째로 나온 여자는 남자가 들어간 방문을 바라보며 내 손을 치우고 상처를 확인했다.

"정말 그리 깊은 상처는 아니네. 다행이다. 어라, 열이 조금 있나? 얼굴이 뜨거운 거 같은데?"

손등으로 이마의 열을 체크하던 여자는 화들짝 놀라서 뒤로 엉덩방아를 찧었다.

"어머! 미안해요! 어릴 때 남동생이 자주 친구들이랑 싸우고 오는 바람에 치료해 주는 게 습관이 돼서, 얼굴을 막 만졌네요. 아직 이름도 모르는 사람한테 제가 무슨 짓을!"

얼굴이 마구 만져져서 당황스러웠지만, 이유를 들으니 이 사람도 지금 온전한 상태는 아닌 것 같았다. 하긴, 이런 상황에서 멀쩡한 사람이 어디 있을까.

"이참에 제대로 소개할게요. 저는 송채원이라고 해요. 나이는 25살! 두 분은 이름이 뭐예요?"

자신을 채원이라고 소개한 여자는 어느새 대화를 주도하고 있었다. 이곳에서 눈 뜨고 처음 만난 사람이 이성을 잃고 난폭하게 굴었으니, 대화가 통하는 사람을 만나서 안도한 걸까. 나랑 같이 바닥에 앉아 있던 첫 번째 여자는 자기소개에 동참했다.

"저는 소희예요. 성이 소라서 이름이 외자예요. 편하게 소희라고 불러주세요, 언니."

"오, 내가 언니야? 어쩐지 처음 보자마자 귀엽다고 생각했어. 몇 살이야? 잠깐 말하지 말아봐, 내가 맞춰볼게. 20살은 아닌 것 같고… 22살?"

소희는 잠시 놀란 듯하더니 웃으며 대답했다.

"맞아요! 22살이에요. 어떻게 알았어요?"

채원은 살짝 자랑스러운 듯 미소를 지으며 말했다.

"내가 겉으로는 이래도 보기보다 멋있는 선배였거든.

그래서 동생들 보면 대충 나이나 성격 같은 게 보여. 참고로 이 친구도 너랑 동갑인 것 같은데?"

"진짜 대단하시네요. 네, 저도 22살이에요. 김성민이라고 합니다. 아까는 구해줘서 고마웠어요. 한 대 맞고 몸이 굳었었는데, 누나가 아니었다면 지금쯤 어찌 됐을지 모르겠네요."

"내가 뭘. 오히려 네가 더 대단하지. 너 아니었으면 소희가 맞았을걸? 다친 정도를 보니 그 사람도 위협만 하려고 하다가, 네가 끼어드는 바람에 놀라서 친 것 같긴 하지만. 그래도 멋진 담력이었어."

누나는 무릎의 먼지를 털고 원탁 의자에 앉으며 말했다.

"맞아. 다시 한번 고마워. 너무 무서웠는데, 너 진짜 멋졌어. 여기 와서 앉아 봐. 상처 덧나지 않았는지 살펴 봐 줄게."

소희도 어느새 의자에 앉아 있었다. 자세히 보니 의자 등받이에는 각각 1부터 7까지 숫자가 적혀 있었다. 우리는 엄청난 부자들의 말이라도 된 걸까? 그렇다면 나는 '4번 말'이겠군.

"보니까 의자 뒤에 숫자가 있던데, 너는 어느 방에서 나왔어?"

나는 소희와 누나 사이 빈자리에 앉아 열린 문들을 둘러보며 물었다.

"나? 음… 저기 5번 방. 그냥 아무 의자에 앉은 건데, 의외로 잘 찾은 건가? 의자도 5번이네."

"성민이는 아까 4번 방에서 나왔었지? 그럼 내가 3번, 성민이가 4번, 소희가 5번, 그리고 아까 그 덩치 큰 남자가 7번… 방이 일곱 개니까, 아마도 우리 말고 세 명이 더 있는 걸까?"

"그럴 가능성이 높아요. 그런데 여기…"

"여기는 대체 뭐 하는 곳일까요? 우리 다 사이렌 소리 듣고 일어난 거 맞죠? 그렇다면 우릴 여기로 납치한 사람들은 분명 어떤 이유가 있어서 깨웠을 텐데, 지금까지 아무런 움직임도 없었잖아요. 게다가 방에도 특별한 건 없고… 하나부터 열까지 전부 다 모르겠어요."

소희는 내 말을 끊고 지금까지 참아왔던 궁금증을 쏟아내기 시작했다. 하지만 내가 하려던 말도 비슷한 내용이었기에 조용히 그녀의 말을 듣고 있었다. 채원 누나도 소희가 다 말할 때까지 기다려 주더니 나를 향해 물었다.

"성민이는 아까 뭐 말하려던 거였어?"

그제야 소희는 자신이 내 말을 끊었다는 걸 깨닫고 미안하다는 듯 사과했다. 나는 어차피 같은 의문을 얘기하려던 참이었으니 신경 쓰지 말라고 답했다.

"그건 그렇고, 아직 안 나온 사람들은 겁먹고 있는 걸까? 아무래도 여기 있는 7명이 다 같은 처지인 것 같은데, 먼저 찾아가 볼래?"

조금 전 만난 누나에 대해 알게 된 사실이 하나 있다면, 그것은 바로 그녀가 굉장히 용기 있고 주도적인 사람이라는 점이었다. 처음 그 남자에게 맞선 것도, 우리 셋이 금방 친해질 수 있었던 것도, 그리고 지금 정체도 모르는 사람들이 겁에 질려 있을까 봐 함께 가보자고 한 것도 전부 그녀였다. 심지어, 이 공간은 우리에게 적일지도 모르는 곳이었다. 그런데도 그녀는 주저 없이 먼저 나섰다. 무모한 건지 담대한 건지 알 수는 없었지만, 한 가지는 분명했다. 그녀는, 정말 대단한 사람이었다.

솔직히 말하면, 나는 무서웠다. 저 긴 복도 끝에서 갑자기 총칼로 무장한 사람들이 튀어나와 우리를 공격할 수도 있고, 어쩌면 이곳 전체가 폭발해 버릴 수도 있다는 온갖 불길한 생각들이 머릿속을 계속 스쳤다. 나는 겁쟁이였다. 그리고 그 두려움을 표현하는 것조차 못하는, 진짜 겁쟁이였다.

"그럼, 저도 같이 갈게요. 시간이 꽤 지났는데, 아직도 안 나왔으면 걱정되잖아요. 그리고 함께 있는 게 더 안전할 것 같아요. 성민아, 너도 갈 거지?"

그 순간, 마치 우리가 움직이기만을 기다렸다는 듯 천장의 스피커에서 소리가 흘러나왔다. 치지직— 거친 노이즈와 함께 젊은 남성의 목소리가 들려왔다.

"실험을 시작하겠습니다. 여러분은 이곳에서 생활하면서 매일 한 가지 판단을 내려야 합니다. 그것은 바로 인간형 인공지능, 즉 에이프(Artificial Intelligence Person)를 찾아내는 것입니다.

인공지능이라고 해서 완전히 기계는 아닙니다. 사실, 여러분 모두 처음에는 인간이었습니다. 하지만 그중 무작위로 인공지능 뇌가 되는 개조 수술을 받은 사람이 있는 거죠. 수술한 관자놀이 부분의 상처는 제가 개발한 약을 통해 흔적조차 남지 않았을 테니, 확인해 봐도 아무 소용이 없을 겁니다.

어쨌든, 여러분은 매일 투표를 통해 에이프를 결정하게 될 것입니다. 투표 시간은 사이렌이 울릴 때 시작됩니다."

우리 셋은 간신히 침만 삼키며 굳어 있었다. 스피커에서 흘러나오는 소리는 충분히 컸지만, 그것보다도 우리를 가둔 자들의 첫 번째 메시지를 놓칠 수 없었다. 그리고 그 순간, 마치 폭발하듯 7번 방에서 한 남자가 뛰쳐나왔다.

"무슨 개소리야! 내 머리를 개조했다고?!"

그는 이성을 잃은 듯했고, 가슴이 격렬하게 오르내렸다. 숨이 점점 거칠어지더니 쿵쾅거리며 원탁을 향해 다가왔다. 그의 얼굴은 이미 새빨갛게 달아올랐고, 입에서 침까지 흘러나왔다. 방에 들어간 뒤로도 계속 저 상태였던 걸까? 우리도 당황스러웠지만, 그 남자는 유독 심하게 흥분해 있었다. 마치 뭐라도 하나 부숴야만 멈추는 성난 황소처럼.

"젠장! 말 같지도 않은 소리 집어치워!"

여전히 분노에 차 있는 그였지만, 내 눈에는 화를 내기보다는 겁먹은 것처럼 보였다. 그는 곧 의자를 집어 들어 스피커를 향해 힘껏 던졌지만, 의자는 공중을 가르며 바닥에 내팽개쳐졌다. 그래도 분이 풀리지 않았는지 이번에는 원탁을 두 주먹으로 내려치기 시작했다.

그 순간, 스피커에서 어렴풋이 한숨 섞인 소리가 들려왔다. 그리고 바로 그때, 남자의 몸에서 강한 스파크가 튀었다. 그의 온몸이 전기에 감전된 듯 경련을 일으켰다. 비명조차 지르지 못한 채 그대로 바닥에 쓰러졌다.

"가만 놔두면 끝까지 저항할 것 같아서, 부득이하게 폭력적인 수단을 썼습니다. 하지만 정말 필요한 경우가 아니라면, 여러분께 그런 조치를 취할 일은 없을 겁니다. 걱정하지 마세요.

아, 차라리 전기 충격은 앞으로 사용하지 않겠습니다. 이런 위험한 장치가 있다는 사실만으로도 여러분의 행동이 지나치게 위축될 수 있으니까요. 여러분이 자유롭게 움직이는 것은… 저희에게도 중요하거든요."

쓰러진 남자의 몸에서는 만화처럼 모락모락 연기가 피어올랐고, 공기 중에는 금속이 그을린 듯한 냄새가 났다. 입에 거품을 문 채 바닥에 쓰러진 남자를 부축하고 싶었지만, 도저히 손을 뻗을 엄두가 나지 않는 몰골이었다.

"그럼 다시 시작하겠습니다. 사이렌 소리에 대해 추가로 설명하자면, 하루에 총 두 번의 사이렌 소리가 울릴 겁니다. '기상 사이렌'이 울린 시점부터 '투표 사이렌'이 울릴 때까지는 어디든 자유롭게 돌아다닐 수 있습니다.

투표 종료 이후에는 모두 각자의 방으로 돌아가야 하며, 방문은 자동으로 잠길 겁니다. 문이 잠기고 '기상 사이렌'이 다시 울릴 때까지는 방 밖으로 나갈 수 없습니다."

마치 엄격한 기숙사 같았다. 규칙을 어긴다고 해서 퇴실당할 일은 없겠지만. 일면식도 없는 사람 일곱 명을 납치하는 위험을 감수하면서까지 하는 짓이 겨우 마피아 게임이라니. 에이프라고 했나? 인공지능으로 개조당했다는 말이 사실이라면 충격적이겠지만, 솔직히 믿기지 않았다. 내 몸을 움직이는 것도, 머릿속에 이상한 느낌이 드는 것도 없었기 때문이다.

"다만."

목소리가 변했다.

"다만, 여기서 흥미로운 점은 에이프가 자신의 진정한 정체를 깨달을 수 없다는 것입니다. 기억을 수정하느라 애를 먹기는 했지만, 결국 성공적으로 완료되었습니다. 그러니까 쉽게 말하면, 여러분 모두 자신을 인간이라고 확신하겠지만 그중 몇 명은 인간이 아닌 다른 존재라는 거죠."

그는 뿌듯해하는 것 같았다. 그렇지만 그 내용은 섬뜩하기 짝이 없었다. 뇌를 개조하는 것도 모자라 기억까지 조작했다니. 그것이 사실이라면, 나 자신조차 믿을 수 없게 되는 셈이었다.

"하지만 걱정하지 마세요. 뇌 손상은 전혀 없을 테니까 그냥 평소와 똑같을 거예요. 더 똑똑해졌다면 모를까.

아무리 에이프로 뇌를 개조했다고 해도 여러분의 몸은 소중히 여겨주세요. 몸을 개조하진 않았으니까. 다치면 치료하기도 힘들고, 그런 것으로는 인공지능이라는 증거를 찾을 수 없을 겁니다. 이곳에서 탈출할 수 있는 유일한 방법은 여러분 중에 숨어 있는 모든 에이프를 찾아내는 것뿐일 겁니다. 그럼, 행운을 빕니다."

그렇게 말하고는 치지직거리는 잡음과 함께 목소리가 사라졌다. 갑자기 들려온 방송, 전기구이가 된 남자, 이곳의 목적과 의도, 탈출에 대한 정보까지. 불과 10분도 안 되는 짧은 시간 동안 머릿속에 엄청난 양의 정보가 쏟아졌다. 우리는 어안이 벙벙한 채 멍하니 있었다. 가장 먼저 말을 꺼낸 건 소희였다.

"그…, 우리 이제 어떻게 하지? 저 사람도 걱정돼. 아까 표정 보니까 넋이 나간 것 같던데, 아마 그렇게 나쁜 사람은 아닌 것 같아. 일단 똑바로 눕힐게."

누나와 함께 소희를 도와 남자를 똑바로 눕히자, 머리가 띵했다. 마치 누군가 내 머릿속을 들여다보는 듯한 기분이 들었다. 몸이 축 늘어진 남자를 바닥에 안정적으로 눕혀놓고 나니 피로감이 몰려왔다. 조금 쉬어야겠어. 여기 오고 나서 계속 긴장 상태였으니, 뇌가 지친 게 틀림없다.

"나는 일단 좀 쉬어야겠어. 살짝 머리가 아파서."

소희와 누나는 걱정스럽게 나를 쳐다봤지만, 나는 고개를 돌려 방으로 향했다. 뒤에서 누나가 아직 만나지 못한 사람들에게 가보고 싶다고 말하는 게 들렸다. 사람들의 컨디션이 나쁘지 않다면 몇 명을 모아 함께 이곳을 조사해 보고 싶다고도 했다. 원탁 넘어 길게 이어진 복도 끝에도 다른 공간이 있을 것 같으니 좋은 생각이었다.

이곳에 대해 아는 게 너무 적다. 어쩌면 숨겨진 통로나 탈출에 도움이 될 만한 장비를 찾을지도 모른다. 머리가 좀 개운해지면, 나도 누나를 따라가 보는 게 좋을 것 같다.

방 안으로 들어오자, 적막이 감돌았다. 낯선 공간. 영문도 모른 채 이곳에서 깨어나 언제일지 모를 탈출을 기다려야 한다는 현실이 새삼 무겁게 다가왔다. 나는 침대에 다시 누웠다. 천장을 바라보며 찬찬히 생각을 정리했다. 혹시라도 내가 인공지능으로 개조된 '에이프'라면? 이 불안감은 확신보다도 두려움에 가까웠다. 그런 두려움을 없애기 위해서라도 도망칠 수는 없었다. 나의 의식은 점점 더 깊이, 가장 오래된 기억 속으로 끝없이 가라앉았다.

"성민아, 힘들었지? 곧 도착해. 아빠가 고기 맛있게 구워줄게. 삼겹살이랑 목살이 있는데, 뭐 먼저 먹을래?"

특유의 나긋나긋한 말투를 가진 아빠의 목소리가 들려왔다. 아직 유치원생이던 나는 눈을 비비며 자동차 뒷좌석에서 창밖을 바라보았다. 멀리 보이는 드넓은 바다가 저녁노을에 물들어 붉게 넘실거리고 있었다. 하늘을 날아가는 갈매기 가족도 낭만적으로 보였다. 너무나 사랑스러운 순간이었다.

이 장면은 내 기억 속 가장 오래된 것이었다.

"우리 성민이도 깼으니까 신나게 노래나 틀어볼까? 여보, 내 핸드폰이 어딨더라?"

"내가 찾을게요. 당신은 운전에 집중해야죠. 안! 전! 운! 전! 시동을 끄기 전까지는 끝까지 앞만 보세요."

"네네~ 안전하게 모시겠습니다! 사모님, 조금만 기다려 주세요~"

이 따뜻한 대화가 부모님과의 마지막 추억이 될 줄은 꿈에도 몰랐다.

맞은편 차선에서 달려오던 자율주행 자동차가 폭주하는 바람에 시속 150km로 우리 가족의 차를 정면으로 들이받았다. 충돌 직후의 기억은 전혀 없었고, 병원에서 깨어난 후에야 모든 걸 전해 들었다. 부모님과 상대 차량의

탑승자들은 모두 그 자리에서 즉사했고, 기적적으로 나만 살아남았다고 했다.

내가 캠프장에 가고 싶다고 조르지만 않았어도, 즐거움과 추억의 도로가 비극과 고독의 황천길로 변해버리는 일은 없었을 것이다. 의지할 친척은 없었고, 부모님의 오랜 친구들도 나를 입양하기엔 부담이 컸던 모양이다. 그렇게 자연스럽게 나는 보육원에서 자라게 되었다.

너무나 끔찍한 기억은 뇌에서 의도적으로 지워버린다고들 하지만, 나에게 그날의 기억은 결코 사라지지 않을 평생의 흉터로 남아 있었다. 로봇이나 인공지능에 관련된 것이라면 치를 떠는 나에게, 하필 인공지능으로 개조됐을지도 모른다는 현실은 참으로 잔인했다. 내 과거를 알고 있었다면 이런 악취미 같은 실험에 나를 끌어들이지는 않았을 것이다.

그나마 다행이었던 것은 보육원에서의 생활이었다. 비슷한 처지의 아이들과 함께 지내는 곳이었고, 원장님은 천사 같은 분이셨다. 덕분에 나는 사람답게 성장할 수 있었다. 그분을 위해서라면 못 할 짓이 없었다.

이별과 만남이 숨 쉬듯 자연스러워질 무렵, 졸업 후 생활비를 마련하기 위해 심야 아르바이트를 시작했다. 밤잠을 줄여가며 모은 돈은 서울로 올라와 고시원에 들어가는 데 사용했고, 남은 돈은 모두 원장님께 드렸다. 한사코 받지 않겠다고 하셨지만, 몰래 주머니에 넣고 도망치듯 보육원을 떠났다.

새롭게 시작한 서울 생활은 단순하기 그지없었다. 사지가 멀쩡할 때 돈이라도 벌어야겠다고 생각했고, 눈을 뜨고 다시 감기 전까지는 일만 했다. 공사장에서 일한 지 두 달쯤 되었을 때, 반장님이 젊은 친구가 열심히 한다며 시급을 2천 원 더 얹어 주셨을 때가 가장 기뻤다. 그렇게 하루 벌어 하루 먹고 남은 돈은 전부 저축하며 단조로운 삶을 이어가고 있었는데, 난데없이 납치 사건에 휘말려 버린 것이다.

긍정적으로 생각해 보면, 열악했던 고시원 생활에 비하면 이곳은 천국이나 다름없었다. 모든 것이 새것이었고, 퀴퀴한 곰팡내도 없었다. 무엇보다 깨끗한 옷과 침대는 이곳에서 생활을 영원히 이어가고 싶다는 생각마저 들게 했다. 그러나 그런 생각들이 점점 선을 넘고 있다는 걸 자각한 순간, 헛웃음이 터져 나왔다.

"내가 지금 무슨 생각을 하는 거야. 정신 차려야지."

두 뺨을 가볍게 때리자 어떤 스위치가 들어간 것처럼 머리가 맑아졌다. 이제는 머리가 아프다는 핑계도 댈 수 없었다. 숫자를 하나, 둘, 셋까지 천천히 세며 마음을 다

잡은 뒤, 기합을 넣으며 벌떡 일어나 문을 열었다.

누나와 쓰러져 있던 남자는 어디론가 사라졌고, 원탁에 앉아 있는 사람은 소희뿐이었다. 기합 소리가 들렸으려나? 이상한 사람이라고 생각하겠지?

"혹시 들렸어?"

"응? 뭐가 들려?"

방음이 꽤 잘되는 것 같아서 다행이다. 오늘 처음 본 사람에게 수치스러운 모습을 보일 뻔했다.

"아무것도 아니야. 신경 쓰지 마. 그건 그렇고, 누나는 그렇다 쳐도 그 사람도 안 보이네? 회복한 거야?"

남자가 쓰러져 있던 자리를 가리키며 소희에게 물었다. 소희는 내 이상한 질문이 계속 신경 쓰이는 듯했지만, 순순히 남자의 행방을 알려줬다.

"그 사람 이름이 태욱이래, 황태욱. 네가 들어가고 얼마 안 지나서 정신을 차렸어. 몸 상태도 괜찮아 보였고, 완전히 이성을 되찾은 것 같더라니까? 전기 충격이 효과가 있었나 봐. 눈빛도 침착했고, 말도 꽤 잘하더라고. 24살이라고 하자마자 채원 언니한테 엄청나게 혼났는데⋯ 아! 너한테 때려서 미안하다고 전해 달래. 직접 사과하고 싶어 했는데, 네가 쉬러 갔다고 하니까 무지 아쉬워하더라. 그러고는 먼저 주변을 둘러보겠다며 휙 저쪽으로 가

버렸어."

소희는 긴 복도를 가리켰다.

"음, 생각보다 꽤 착실한 사람인가? 얘기만 들어보면 완전히 다른 사람인데."

솔직히 소희의 이야기가 그 '태욱'이라는 사람의 얼굴과는 전혀 매치가 안 됐지만, 정말 그런 성격이라면 이곳에서의 생활도 예상보다 수월할지도 모른다.

"그보다! 너 머리는 괜찮아? 아까 쉬러 들어간 지 얼마 안 됐잖아. 나중에 혼자 다닐까 봐 걱정돼서 그런 거라면 차라리 지금 푹 쉬고 와. 내가 언제든 같이 다녀 줄 테니까!"

"아아, 그건 이제 걱정하지 마. 너무 충격받아서 잠깐 멍했던 것뿐이야. 지금은 오히려 이곳을 좀 더 살펴보고 싶어."

나는 주변을 둘러보며 혹시 다른 인기척이 있는지 살폈다. 하지만 특별한 움직임은 없었다. 누나는 이미 떠난 걸까? 다른 사람들은 어떻게 됐지? 아직 얼굴도 모르는 사람이 세 명이나 더 있다니. 조금 힘들더라도 누나랑 같이 있을 걸 그랬나?

"채원 언니 찾으려는 거면 이미 늦었어. 아까 6번 방에 있던 언니한테 거절당하고, 1번이랑 2번 오빠들이랑 셋이서 출발했거든. 이름이 뭐였더라…? 무슨 '연'으로 끝났던 것 같은데…"

소희는 고민스러운 표정으로 턱에 손을 가져다 댔다. 하지만 그 손끝은 미세하게 떨리고 있었다. 목소리와 표정은 의식적으로 밝게 유지하고 있었지만, 떨리는 손만큼은 감출 수 없는 듯했다.

"셋이서 갔다고? 너는 왜 안 따라갔어? 사람들이랑 같이 있는 편이 더 안전할 텐데."

"그, 그게… 낯선 사람들 사이에 있으니까 좀 지치더라고. 눈을 떠보니 낯선 곳이었고, 게다가 사람이 전기로 감전당하는 일까지 벌어졌잖아. 하나같이 이상한 일들뿐이라 긴장이 풀리니까 나도 너처럼 머리가 띵해져서…. 그냥 기다렸어."

내가 묻자, 소희는 약간 당황한 듯 말끝을 흐렸다. 뭐지? 손이 조금 떨리긴 해도, 컨디션은 괜찮아 보이는데. 정말 어디가 안 좋은 걸까? 나는 소희를 좀 더 자세히 살펴보기 위해 조심스럽게 가까이 다가갔다.

"너 걱정돼서 기다렸다고! 기껏 회복해서 나왔는데, 혼자 있으면 쓸쓸하잖아? 나 대신 다친 친구를 그냥 내버려둘 순 없지. 안 그래?"

소희는 괜히 어깨를 으쓱이며 변명했지만, 어딘가 숨

기는 게 있는 것 같았다. 아마 불안한 모습을 들키기 싫은 거겠지. 나는 내가 의지할만한 사람이 아니라는 것쯤은 이미 잘 알고 있었다. 그렇지만 지금만큼은 그저 소희에게 힘이 되고 싶었다. 조금 더 다가가 마침내 그녀의 손을 잡았을 때, 따뜻한 체온이 느껴졌다.

"너무 힘들면 언제든지 말해줘. 혼자서 다 버티려고 하지 않아도 돼. 나도 무섭고 불안하지만, 우리 같이 이겨내 보자. 적어도 나는 네가 있어서 다행이라고 생각해. 그리고…, 걱정해 줘서 고마워. 진심이야."

내 진심이 닿은 걸까. 손끝에 전해지던 떨림이 서서히 잦아들었다. 불안을 들킨 게 부끄러웠던 걸까, 아니면 마음을 다잡은 걸까. 어느새 소희는 복도 앞에서 나를 부르고 있었다. 그녀가 꾸밈없이 지은 미소는 마치 겨울 하늘 사이로 조용히 떠오르는 태양처럼 맑고 선명했다. 그리고 나는 그 온기에 서서히 녹았다.

소희와 함께 긴 복도로 들어서자, 세 가지 선택지가 눈앞에 펼쳐졌다. 정면에는 식당이 보였고, 왼쪽과 오른쪽에는 각각 문이 하나씩 있었다. 공간을 머릿속에 그려 보면, 식당은 커다란 십자가 모양 구조의 머리 부분에 해당했고, 우리가 출발한 장소는 그 발끝에 가까웠다. 식당 한구석에 놓인 대형 냉장고를 열어보니, 눈대중으로 봐도 신선한 식재료가 가득 차 있었다. 나는 냉장고 문을 닫고 다시 한번 주위를 둘러보았다. 식당은 넓었고, 누군가 다녀간 흔적이 남아 있었다.

"먹을 거라도 챙겨 둘까?"

내가 묻자, 소희는 잠시 고민하더니 고개를 저었다.

"괜찮아. 아직 그렇게 배고프지도 않고, 먹는다면 나중에 다 같이 먹고 싶어."

그 말도 일리가 있었다. 지금은 식량보다 다른 정보를 모으는 게 우선이었다. 나는 식당 중앙에 놓인 커다란 테이블을 지나치며 문득 의자 개수를 세어 보았다. 정확히 일곱 개. 우리와 같은 숫자였다. 단순한 우연은 아니겠지.

"이제 어디로 갈까?"

소희가 나를 바라보며 물었다. 나는 왼쪽과 오른쪽, 두 개의 문을 번갈아 보았다. 선택지는 단순해 보였지만, 그 너머에 무엇이 기다리고 있을지는 알 수 없었다.

"우선 가까운 곳부터 확인해 보자."

왼쪽 문을 향해 다가갔다. 불투명한 유리문은 우리가 가까이 가자, 자동으로 열렸다. 움직임을 감지하는 센서가 달린 듯했다.

안쪽으로 들어서자, 익숙하면서도 어딘가 낯선 공기가 느껴졌다. 특유의 책 냄새가 가득한 공간, 발소리를 삼키듯 부드러운 적갈색 카펫. 여기는 도서관이었다. 어린 시절 만화책을 보러 들렀던 동네 서점과는 비교도 안 될 정도로 방대한 규모였다. 책장은 분야별로 깔끔하게 정리되어 있었고, 그 모습은 마치 상상만 해본 대학교 도서관을 그대로 옮겨놓은 듯했다. 나는 책장 사이를 천천히 걸으며 빽빽이 꽂힌 책들을 훑어보았다.

"책이 너무 많아서 뭘 봐야 할지도 모르겠네."

소희가 한숨을 쉬며 말했다.

"굳이 읽어야 한다면… 우선 우리에게 필요한 정보가 뭔지부터 정해야겠지."

나는 다시 한번 책등을 훑었다. 공학, 프로그래밍, 인공지능, 신경과학… 분야는 다양했지만, 이상할 정도로 특정 주제에 집중된 느낌이었다. 특히 인공지능 관련 서적이 유난히 많았다.

"무슨 생각을 그렇게 심각한 표정으로 해?"

"이거 좀 이상하지 않아? 이렇게까지 특정 분야 책이 많은 도서관은 처음 보는 것 같은데."

그들은 우리가 인공지능에 대한 지식이 부족해서 중요한 단서를 놓칠까 봐 이런 준비를 한 걸까? 아니면, 여기에 있는 우리가 반드시 알아야 할 무언가가 있기 때문일까? 단순한 배려가 아니라면, 이 도서관의 존재 자체가 의도적인 장치일지도 모른다.

"…역시 여긴 비밀 실험실 같은 걸까?"

소희가 나를 흘깃 보며 물었다. 나는 고개를 끄덕이며 책 한 권을 뽑아 들었다.

"그야 그렇겠지."

"뭐야, 이미 눈치채고 있었어?"

"아니, 그냥…"

나는 한숨을 내쉬며 책을 덮었다.

"우리가 서로 죽이는 데스 게임을 하는 것도 아니고, 납치범들을 피해 살아남아야 하는 것도 아니잖아. 단순한 장난이나 재미를 위한 것도 아닌 것 같고. 그렇다면 차라리 극비 실험이라고 생각하는 게 더 그럴듯하지 않아?"

소희는 팔짱을 끼고 생각에 잠겼다.

"…그렇다고 해도 납치에다 개조까지 한 걸 납득할 순 없지만. 그런데 말이야."

소희가 조심스럽게 입을 열었다.

"혹시… 애초에 '에이프' 같은 건 존재하지 않는 건 아닐까?"

나는 고개를 들고 솔직한 내 생각을 말했다.

"사실은 다 인간인 거지. 솔직히 말해서, 뇌를 개조하고 기억을 조작한다는 게 말이 안 되잖아. 너무 비현실적이야."

"정말. 그러면 오늘 당장 풀어달라고 해야지. 너랑 만날 수 있었으니까, 지금이라면 납치범들도 다 용서할 수 있을 것 같아."

"어? 뭐라고? 미안 잘 못 들었어."

"아무것도 아니야~ 나는 저기 한번 보고 올 테니까. 잠깐만 기다려. 혼자 먼저 가면 안 돼?"

후다닥 뛰어가는 소희의 뒷모습을 바라볼 수밖에 없었다. 연애 경험은커녕 친구도 많지 않았던 나에게 소희라는 존재는 너무나 큰 파도였다. 작은 돛단배에 불과한 나는 그녀의 말과 행동에 정신없이 휩쓸려, 정처 없이 그녀가 이끄는 대로 나아갈 뿐이었다.

"뭐가 그리 좋아서 실실 웃고 있니?"

갑자기 채원이 누나가 뒤에서 말을 걸어오는 바람에 깜짝 놀라 양팔을 들어 어정쩡한 가드 자세를 취했다. 내 모습을 본 누나는 참을 생각도 없이 웃음을 터뜨렸다.

"너 진짜 웃기다."

한참을 웃던 누나는 슬쩍 흘러나온 눈물을 손가락으

로 닦아내고, 다시 내게 물었다.

"혼자야? 뭐 하고 있었어?"

"소희랑 같이 도서관 둘러보고 있었어요. 소희는 지금 더 안쪽까지 살펴보러 갔고요. 인기척 좀 내줘요. 깜짝 놀랐잖아요."

"미안, 미안. 이 정도로 격하게 반응할 줄은 몰랐네."

누나는 목을 빼며 소희를 찾는 시늉을 했다.

"그래서, 그래서? 어디가 그렇게 좋은데?"

"네? 뭐가요?"

"에이, 알면서."

누나의 음흉한 미소를 보는 순간, 그 말뜻을 단박에 이해할 수 있었다.

"아, 그런 거 아니에요."

"아니긴. 동갑내기 남녀가 단둘이 다니면 게임 끝이지 뭐. 전쟁통에도 애는 태어났다는데, 이 누나는 응원해. 방해 안 할 테니까 잘해봐~ 아, 그리고 여기 수상한 물건이나 공간은 없더라. 우리가 이미 다 확인했어. 눈치 빠른 누나답게 먼저 자리 비켜줄게."

미처 반박할 틈도 없이 자리를 떠나는 누나를 보며 깊은 한숨이 나왔다.

"내 주위 여자들은 왜 다들 비슷한 것 같지?"

그때 소희가 돌아왔다. 급히 달려온 듯 숨을 헐떡이고 있었다.

"역시 이렇게 간단하게 숨겨놨을 리가 없지. 아까 누가 있었던 것 같은데, 누구 왔었어?"

"채원이 누나가 왔었는데, 여긴 이미 다 봤다고 말해주고 갔어. 별말 안 하던데?"

"그래? 어쩐지 너무 깨끗했어. 그리고 도서관은 도서관이니까 탈출에 쓸 만한 도구는 없는 것 같아. 사다리 정도는 있더라."

"그럼 슬슬 다음 장소로 가볼래?"

"좋아! 식당이랑 도서관도 있었는데, 다음은 뭘까?"

뭐랄까, 이렇게 같이 돌아다니니까 '갇혀 있다'라는 느낌보다는 마치 실내 데이트를 하는 것 같은 기분이…. 괜히 신경 쓰이잖아. 이게 다 그 누나 때문이라고. 나중에 다시 만나면 그런 사이 아니라고 제대로 말해야겠어. 헝클어진 앞머리를 정리하는 척하며 머리를 털고, 다시 마음을 다잡았다.

도서관을 나오자마자 식당 쪽에서 달그락거리는 소리가 들렸다. 그리고 이어진 다급한 목소리.

"호연 오빠!"

채원이 누나였다. 목소리가 심상치 않았다. 무슨 일이지? 위험한 상황인가? 비명처럼 들리는 소리에 나와 소희는 반사적으로 식당을 향해 뛰어갔다.

식당 안에는 당황한 채원이 누나와 처음 보는 키 큰 남자가 서 있었다. 그리고 그들 앞에서는 뜨겁게 달궈진 프라이팬이 있었다. 하루아침에 지옥 불에 던져진 새우들은 그 뜨거움을 견디지 못하고 사방으로 튀어나오는 중이었다.

"으악! 뭐야, 얘네 왜 이래! 오빠!!"
"진정하고, 빨리 뚜껑부터 덮어!"

그 남자의 말에 누나는 황급히 옆에 있던 뚜껑을 집어 덮었다. 프라이팬 속 소란이 겨우 진정되자, 누나는 안도의 한숨을 내쉬었다.

지금 누나에게 '새우 손질을 제대로 해야 했다.'라며 잔소리하는 걸 보니, 저 남자가 호연인 것 같았다. 한눈에 봐도 눈에 띄는 사람이었다. 큰 키에 긴 팔다리, 좋은 골격을 갖추고 있어서 확실히 인상적이었다. 나와 같은 옷을 입고 있는 게 맞나 싶을 정도로 스타일이 잘 어울렸다. 모델인가?

"어, 뭐야? 너희 언제 왔어? 마침 잘 됐다! 오빠랑 인사해. 너 없을 때부터 같이 다녔어. 슬슬 배고파지던 참이었는데, 오빠가 요리가 취미라길래 둘이 준비하고 있었어."

채원이 누나가 밝게 말하며 나와 호연을 번갈아 바라봤다. 나는 살짝 머뭇거리며 입을 열었다.

"아… 처음 뵙겠습니다. 김성민이라고 합니다."

호연은 내 말을 듣고 가볍게 고개를 끄덕였다. 가까이서 보니 분위기가 꽤 차분한 사람이었다.

"정호연이야. 편하게 형이라고 불러줘. 소희랑 같이 다니는 거야?"

"네. 방금 도서관에서 나오자마자 비명 같은 게 들려서 뛰어왔는데, 별일 아니었네요. 진짜 깜짝 놀랐어요. 이제 오른쪽에 있는 방으로 가보려고요."

내가 비명을 들었다고 하자, 채원이 누나의 얼굴이 살짝 붉어졌다.

"비명까지는 아니지 않았어?"

누나는 억울한 듯 다그쳤지만, 나는 고개를 저으며 단호하게 말했다.

"아뇨, 틀림없이 비명이었어요."

"그런 건 됐고, 빨리 헬스장이나 가봐. 근육 바보들도 좀 데려오고. 조금 있으면 완성되니까."

"헬스장이요?"

내가 되묻자, 누나는 눈을 살짝 굴리더니 능청스럽게 웃었다.

"아, 내가 스포한 건가? 맞아, 운동기구가 진짜 꽉꽉 들어차 있더라니까. 숨 막혀서 바로 나왔어. 우리 보고 운동 좀 하라는 건가 싶더라. 아무튼, 걔들 아직도 운동에 빠져 있으면 밥 먹을 준비하라고 전해줘. 여기 좋은 고기가 엄청 많아서 단백질 걱정은 안 해도 될 거 같아. 이 누나의 요리 실력을 보여주지!"

"오, 기대할게요, 언니! 성민아, 빨리 갔다 오자. 헬스장도 있다니 신기하다. 완전 호텔 같아."

그렇게 우리는 새로운 호출 임무를 수행하기 위해 그곳으로 향했다. 도서관과 마찬가지로 불투명한 자동문이 우리를 감지하고 천천히 열렸다.

평생 운동기구 근처에도 가본 적 없는 나에게는 너무나 이색적인 공간이었다. 사방이 거울로 둘러싸여 있었고, 마치 테트리스 블록처럼 빼곡하게 운동기구들이 배치되어 있었다. 공기마저 묘하게 무겁게 느껴졌다. 방 안에는 두 사내의 땀 냄새와 거친 호흡, 그리고 카운트 소리만이 가득했다.

그들이 사용하고 있는 기구는 처음 보는 것이었지만,

넓게 펼쳐진 두 팔은 마치 한 쌍의 나비처럼 우아하면서도 강렬했다. 그리고 이번에도 처음 보는 사람이 있었다. 그는 거울을 통해 우리가 도착한 것을 확인하더니, 세트가 거의 끝나가니 잠시만 기다리라고 말했다. 그사이 우리는 혹시 탈출할 만한 공간이 있는지 살펴보려 했지만, 이내 마지막 동작을 마친 그가 우리를 향해 입을 열었다.

"네가 성민이구나? 반갑다. 난 박정연이라고 해. 소희랑은 아까 인사했었지?"

"누가 왔어?"

이전에 나를 향해 주먹을 휘두르고 전기구이가 되었던, 그 '태욱'이라는 사람이었다. 그는 나를 알아보자마자 눈이 휘둥그레지더니, 내 앞에 서서 고개를 숙였다.

"아무리 제정신이 아니었다고 해도, 처음 본 사람을 때리다니… 정말 미안해. 난 황태욱이야. 혹시 아직 아픈 곳이 있거나, 분이 안 풀렸다면 뭐든지 시켜줘. 네가 시키는 거라면 군말 없이 다 할 테니까! 다시 한번 미안해."

나는 크게 다치지 않아서 괜찮고, 진심으로 사과해 줘서 고맙다고 답했다. 하지만 그걸로는 자신에 대한 실망이 지워지지 않는 듯했다. 거듭 고개를 숙이는 그를 보며, 나는 한 가지를 덧붙였다.

"그럼, 소희한테도 정식으로 사과해 줬으면 좋겠어

요."

맞은 건 나였지만, 먼저 위협당했던 건 소희였으니까. 정연이 형이 태욱이 형의 등을 살짝 밀었고, 그 앞에는 소희가 서 있었다. 소희가 괜찮다고 말하더라도, 그렇게 위협당했던 만큼 감정이 상했을 거라고 생각했다. 그런데…, 일이 이렇게 순조롭게 풀릴 줄이야.

"처음에 내가 화내고 욱해서 몹쓸 짓을 했던 거, 정말 미안해. 지금 생각해 보니까 너무 부끄럽다. 너도 많이 혼란스러웠을 텐데, 내가 너무 이기적으로 굴었어. 네 마음이 풀린다면 무슨 일이든 할게. 혹시 도움이 필요하면 언제든 불러."

그의 90도로 꺾인 허리에서, 그 말이 단순한 변명이 아니라는 게 느껴졌다. 소희는 당황한 듯 눈을 깜빡이더니, 조심스럽게 입을 열었다.

"저도 혼란스러웠으니까… 충분히 이해해요."

"그래도 먼저 사과해 줘서… 고마워요."

그렇게 사과와 용서가 오가며 분위기가 정리되었다.

"그건 그렇고 여기도 별다른 건 없어 보이네요? 비밀문이라든지 탈출에 도움이 될 만한 것들 말이에요."

"아, 응. 태욱이랑 기구 둘러보면서 한 바퀴 돌았는데 특별히 수상한 건 없었어. 아니, 그보다 들어봐! 아직 한

국에 안 들어온 기구들이 여기에 다 있다니까? 여기 진짜 천국이야! 우리를 납치한 녀석들이 생각보다 괜찮은 놈들일지도 몰라! 성민아, 넌 관심 없어? 몸 좋아 보이는데? 키에 비해 등판도 넓은 편 아니야? 빨리 여기 앉아봐."

"오빠! 그런 걸로 용서해 주는 거예요?"

꼬르륵. 장난스럽게 반박하려던 소희의 배에서 타이밍 좋게 신호가 울렸다. 그 덕에 소희가 부끄러워하는 모습도 볼 수 있었다.

"나도 좀 출출하네. 역시 운동한 뒤에는 단백질 보충이지."

"그러니까 말이야. 빨리 가서 고기 부족하면 좀 더 많이 구워달라고 하자. 공간도 넓어 보이던데, 우리가 직접 구울 수 있으면 더 좋고. 나 이래 봬도 고깃집 아르바이트만 3년 했거든."

헬스인들은 유유히 기구를 정리하고, 흘린 땀도 깔끔히 닦으며 순식간에 식사를 위한 뒷정리를 마쳤다.

"우리는 씻고 올 테니까, 먼저 가서 조금 더 걸린다고 전해줘."

"네. 천천히 오세요."

또다시 나와 소희만이 이 이질적인 공간에 남겨졌다.

"뭔가, 다들 엠티라도 온 것 같다?"

주방으로 향하는 길에 소희는 마치 무언가에 홀린 듯이 말했다. 분명 우리 모습을 보고 영문도 모른 채 감금 생활을 시작한 사람이라고 믿을 사람은 거의 없을 것이다.

"아! 성민아, 넌 학교 어디 다녀? 전공이 뭐야?"

사회에서 흔히 나누는 일반적인 대화 주제가 던져졌다. 하지만 나에게는 그런 일반적인 질문이 가장 대답하기 껄끄러웠다. 대학에 가는 대신 공사장에서 막노동하고 있다고 말할 때면 돌아오는 '난처해서 어쩔 줄 모르는 반응들'이 거북했기 때문이다. 분명 그들은 대학 이외의 길은 패배자들이나 택하는 것으로 생각하지 않았을까? 나도 부정하진 않는다. 그렇지만 명확한 목표도 없이 성적 맞춰서 들어간 대다수의 대학 생활이 그리 큰 성공 가도를 걷게 해 줄 것 같지는 않다. 그저 비겁한 자기합리화라고 한다면, 내게는 할 말이 없었다. 소희, 너는 어떤 반응을 보여줄까?

"나는 사정이 좀 있어서 대학을 안 갔어."

"오, 그래? 부럽다~ 넌 자유롭구나?"

"자유롭다고?"

"응. 나는 처음부터 끝까지 엄마랑 아빠가 정해주는 대로 살았거든. 부모님이 원하는 대로 대학까지만 가면 모든 게 괜찮아질 거라고 생각했는데, 그게 아니더라."

그렇게 쓸쓸해 보이는 소희의 표정은 처음 봤다.

"차라리 용감하게 자퇴하고 너처럼 자유롭게 살고 싶어. 네가 무슨 일 하는지는 모르지만, 그게 뭐든 내 인생을 내가 살아간다고 느낄 수 있잖아."

찰나의 정적이 흘렀고, 다시 소희가 말을 꺼냈다.

"우리가 왜 이런 데서 갇혀 있어야 하는 걸까? 출구 같은 건 어디에도 안 보이고, 그나마 다행인 건 우리가 일곱 명밖에 없다는 거뿐이네."

"일곱 명뿐이라서 다행이라니? 그게 무슨 말이야?"

"응? 아~ 그냥, 결국 우리는 모든 인공지능을 찾아내는 게 목표니까. 하루에 한 명씩 지목하다 보면 7명의 정체를 다 알 수 있잖아. 아무리 길어봐야 일주일이면 해방이라는 얘기지."

내가 놓쳤던 부분을 소희는 정확하게 짚어냈다.

"확실히… 그러면 지금 서둘러서 비밀 문 같은 걸 찾아낼 필요가 없었겠네?"

"맞아, 맞아. 긍정적으로 생각하면, 우리 일곱 명이 함께 일주일 동안 휴가를 온 거라고나 할까?"

"그런데 말이야…"

"왜 그래?"

마냥 긍정적으로만 생각하다 보면 결국 일을 그르치기 마련이다. 항상 최선의 가능성과 최악의 가능성을 함께 고려해야 냉정을 유지할 수 있다는 것이 나의 신념이었다.

"만약 에이프가 밝혀지면, 그 사람은 어떻게 되는 건데? 뭔가 조치가 필요하다고 생각하지 않아?"

"예를 들어?"

소희는 아직 감을 잡지 못한 듯 고개를 갸웃거렸다.

"만약 내가 에이프라는 인공지능이고, 투표를 통해 그 사실이 밝혀졌다면, 넌 나를 믿을 수 있겠어? 지금까지 속았다는 배신감과 불신으로 가득 차지 않을까? 나 같으면 꼴도 보기 싫을 것 같은데? 게다가 정체가 드러난 에이프를 범인들이 자유롭게 내버려두는 건 말이 안 돼. 어떻게든 입막음하거나 함부로 행동하지 못하게 개조할 수도 있지. 데이터가 필요하다며 해부할지도 몰라."

"해… 해부? 설마 그렇게까지 하겠어? 그래도 확실히 일리 있는 말이야. 이미 멋대로 개조까지 한 놈들인데, 뭔 짓을 못 하겠어. 상상도 하기 싫지만, 네가 인공지능이라면 어딘가에 묶어놓거나 격리할 것 같긴 해. 가까이

가기도 망설여지는데…"

　소희의 눈빛은 마치 갓 태어난 무력한 새끼 쥐를 노리는 고양이처럼 섬뜩하고 차가웠다. 그녀는 분명 밝고 따뜻한 친구였지만, 가끔 드러나는 카리스마가 오히려 믿음직스러웠다.

　소희와 이야기를 나누며 주방으로 향하자, 고소하고 향긋한 냄새가 코끝을 간질였다. 신선한 해산물과 고소한 쌀이 어우러진 해산물 리소토는 풍부한 향을 자랑하며, 허브와 치즈가 더해져 완벽한 조화를 이루고 있었다. 지글지글 구워지는 소고기 스테이크는 감각을 자극하며 군침을 돌게 했다. 다행히 식자재가 충분해 씻으러 간 정연이 형과 태욱이 형의 단백질 섭취도 충분할 것 같았다.
　주요리는 호연이 형이 맡았고, 채원 누나는 주방 보조와 애피타이저를 준비했다. 누나가 만든 브루스케타는 이탈리아 전통 요리로, 겨울방학에 여행했던 이탈리아에서 직접 배운 것이라고 했다. 바싹하게 구운 빵 위에 신선한 토마토, 바질, 올리브 오일을 올려 상큼한 맛을 더한 요리였다.
　평소 토마토를 좋아하지 않는 나였지만, 빵 위의 재료들이 어우러지며 만들어낸 조화로운 맛에 푹 빠져 무심코 집어 먹을 정도였다. 셰프들을 도와 식기를 세팅하고, 테이블과 의자를 정리하며 7명이 둘러앉을 자리를 마련했다.

"아, 그러고 보니 아직 한 명을 못 만난 것 같은데? 어디에 있는 거지? 방으로 찾아가 봐야 하나?"

소희가 뭔가 깨달은 듯이 말했다.

"그러네. 너 아직 그 언니 못 만났지? 어차피 밥도 같이 먹어야 하니까 데리러 가자. 아마 방에 있을 거야."

"와, 냄새 죽인다!"

그때, 어디선가 들려오는 남자들의 목소리. 그중엔 처음 듣는 얇은 목소리도 섞여 있었다. 소희가 '언니'라고 부르지만 않았어도 고등학생으로 착각할 만큼 어려 보이는 여자였다. 아담한 키에, 칼로 벤 듯한 단발머리가 그런 인상을 더욱 강하게 만들었다. 우리가 의외라는 듯 그녀를 바라보자, 정연이 형이 자초지종을 설명해 줬다.

"아까 운동하고 씻고 오겠다고 했잖아. 내가 좀 빨리 씻는 편이라 먼저 나와서 기다리고 있었는데, 한참 동안 기다려도 태욱이가 안 나오는 거야. 그래서 문을 두드렸지. 그랬더니 글쎄, 수연이가 나오는 거야! 너무 놀라서 멍해졌는데, 옆방에서 태욱이가 개운한 표정으로 나오더라고. 그제야 내가 방을 착각했다는 걸 알았지. 짧은 순간에 별의별 생각이 다 들었다니까? 마침, 음식도 다 된 것 같길래 같이 밥 먹자고 설득해서 이렇게 나온 거야."

"오는 길에 배가 고팠는지 걸음이 점점 빨라지는 게 웃기긴 했어."

태욱이 형이 장난스럽게 끼어들었다.

"앗! 그런 걸 왜 말해요! 부끄럽게."

수연이 얼굴을 붉히며 투덜거렸다.

"자자, 그렇게 서 있지 말고 어서 앉아. 음식 다 식겠다."

호연이 형은 벌써 식탁에 앉아 우리를 기다리고 있었다. 우리는 자연스럽게 번호대로 자리를 잡고, 모두 함께 "잘 먹겠습니다!"를 외친 뒤 허겁지겁 음식을 먹기 시작했다. 오늘이 지나도 남길 게 없도록, '흡입했다'라는 표현이 어울릴 정도였다.

하지만, 서로 언제 봤다고 이렇게 쉽게 어울리는 걸까. 불과 몇 시간 전만 해도 우리는 서로에 대해 아는 것이라고는 이름뿐이었다. 하지만 지금은 마치 오래 알고 지낸 사람들처럼 스스럼없이 웃고 떠들고 있었다. 아마도, 우리가 의지할 사람이 여기 있는 일곱 명밖에 없다는 사실 때문일 것이다. 이 낯설고 불안한 공간에서 살아남으려면 결국 서로에게 기대는 수밖에 없었다. 그래서 우리는 무의식적으로 어떻게든 연결되려 했고, 그 얇고 가느다란 실이 우리를 하나로 묶어주었다. 그 실이 언제 끊어질지 모를 만큼 위태롭지만, 우리는 그 사실을 애써 외면한 채 익숙하지 않은 유대감에 취해가고 있었다.

음식이 바닥을 드러내고, 어느 정도 배가 차자 뒷정리를 하려던 찰나, 수연 누나가 입을 열었다.

"우리… 투표에 관해서는 얘기하지 않아도 돼?"

애써 외면했던 문제였다. 하지만 이제는 명확한 해결책이 필요하다는 걸 부정할 수 없었다.

"아무리 생각해도 우리 중에 로봇이 있을 것 같지 않아. 만약 잘못된 선택을 하면 어떻게 되는 거야?"

그 말에 식탁 위의 공기가 한순간에 얼어붙었다. 마치 우리가 만든 작은 유토피아가 단숨에 깨져버린 것만 같았다. 잠시 현실을 잊을 수 있었지만, 결국 피할 수 없는 문제 앞에서 우리는 다시금 냉혹한 현실을 마주해야만 했다.

"정확히 말하면 로봇이 아니라 '에이프'죠."

소희가 조용히 입을 뗐다.

"저도 우리 중에 다른 존재가 있다고는 생각하지 않아요. 이렇게 오랫동안 대화를 나눴는데, 이상한 점을 느낀

적도 없었고… 무엇보다 감정이 전해졌어요. 진심으로 공감하는 모습은 연기하면 티가 나기 마련이잖아요. 아무리 기술이 발전했다고 해도, 인간의 본질적인 영역까지 완벽하게 정복당했다고는 믿고 싶지 않아요."

물론 소희가 그렇게 생각하고 싶지 않다고 해서 진실이 달라지는 것은 아니었지만, 나 역시 비슷한 생각을 하고 있었다.

"제가 방법을 하나 생각해 봤어요."

이곳의 규칙을 들었을 때부터 떠올렸던 생각. 이제 그걸 꺼낼 때가 왔다.

"오, 성민아. 뭔데? 뭐든 좋으니까 어서 말해봐."

호연이 형이 다급하게 보챘다.

"다들 마피아 게임 해본 적 있죠?"

"갑자기 마피아 게임은 왜? 그거랑 무슨 상관인데? 누가 에이프인지 경찰한테 물어보기라도 하자는 거야?"

태욱이 형이 의아한 표정으로 되물었다.

"그건 아니지만, 마피아 게임과 이곳의 규칙이 비슷하다는 걸 떠올렸어요."

나는 조심스럽게 말을 이었다.

"규칙을 떠올려 보면 자기 자신에게 투표할 수 없다는 말은 없었어요. 그래서 저는 오늘 밤, 저한테 투표할 생각이에요. 지금 우리가 가진 정보가 너무 적기 때문에, 최소한 첫날은 이런 방식으로 넘어가는 게 최선일지도 몰라요."

"흠… 된다면 가장 편하게 투표를 넘기는 방법이긴 하네."

"게다가 이렇게 쉬운 방법을, 에이프를 만든 천재님이 미처 생각하지 못했을 리가 없잖아? 그런데도 굳이 '안 된다'라고 언급하지 않은 걸 보면, 가능성이 없지는 않을 것 같아."

각자 한마디씩 의견을 내놓았지만, 특별히 반대하는 사람은 없었다.

"반대 의견이 없는 것 같으니, 좀 더 구체적으로 이야기해 볼게요."

나는 모두의 반응을 살피며 말을 이었다.

"투표 방식이 실시간 지목인지, 쪽지 제출인지도 다를 수 있어요. 그리고 어떤 방해 요소가 있어서 자신을 스스로 고르지 못할 가능성도 있죠. 그런 상황을 대비해서, 차라리 다음 번호의 사람에게 투표하는 것도 방법일 것 같아요."

"만약 자기 투표가 불가능하고, 우리끼리 대화도 못 하게 된다면? 그럼 다들 혼란에 빠질 수밖에 없겠지. 어쩌면, 우리가 그렇게 망가지는 모습을 일부러 보고 싶었던 걸 수도 있어."

수연 누나가 공감하듯 고개를 끄덕이며 말했다.

"좋아. 미리 정해 놓으면 괜히 트집 잡힐 일도 없겠어. 이 방법으로 하자."

채원 누나가 나서서 결정했고, 자연스럽게 각자의 번호에 1을 더한 번호에 투표하기로 했다. 나는 4번이니까 5번인 소희에게, 마지막 번호인 7번 태욱이 형은 1번 호연이 형에게 투표하면 된다.

"성민아, 너 다시 봤어. 좋은 아이디어 고마워. 덕분에 조금이나마 시간을 벌었네."

정연이 형이 길게 하품했다.

"긴장이 풀려서 그런가, 갑자기 졸리다. 나중에 투표할 때 깨워줘."

"야, 박정연! 어딜 도망가? 먹은 건 치우고 가야지. 내일 밥 안 해준다? 굶고 싶어?"

"아, 형~ 왜 그래요? 당연히 도와주고 가려고 했죠."

호연이 형도 이제는 초반의 낯가림을 완전히 벗어던진 듯했다. 정연이 형과 농담을 주고받을 정도로 편해졌으니 말이다. 덩치에 어울리지 않게 쩔쩔매는 정연이 형의 모습에 모두가 크게 웃음을 터트렸다. …그래, 다 괜찮을 거야. 이런 곳에 갇혀도, 우리 일곱 명이라면 충분히 버텨낼 수 있을 거다. 그렇게 믿고 싶었다.

그때, 수연 누나와 함께 숨넘어가게 웃고 있는 소희의 모습이 눈에 들어왔다. 문득, 그 모습이 이상하리만치 선명하게 각인되었다. 소희와 눈이 마주치자, 그녀가 고개를 갸웃하며 물었다.

"왜? 무슨 일 있어?"

나는 순간, 아무 말도 할 수 없었다. 그저 아무것도 아니라는 듯 싱긋 웃어 보일 뿐이었다.

뒷정리를 마친 후, 모두 각자의 방으로 돌아갔다. 예정된 승리가 가져다준 달콤한 여유를 만끽하려는 듯.

하지만 나는 왜, 실험 상자 속에 내던져진 하얀 쥐처럼 방 안을 끊임없이 맴돌고 있는 걸까. 지금 당장은 깊이 잠들어도, 투표 시간 전에 반드시 깨어날 것만 같은 확신이 있었다. 그런데도 이상하게도, 잠들고 싶지 않았다. 머릿속을 스쳐 가는 수많은 생각들. 그 속을 더 깊이 파고들수록, 결국 내가 할 수 있는 것은 아무것도 없다는 사실만 되풀이해 깨닫게 될 뿐이었다.

나는 바닥에 주저앉아, 침대 매트리스에 등을 기대었다. 그때— 똑똑. 누군가 문을 두드렸다. 의아한 마음에

문을 열자, 채원 누나가 서 있었다.

입가에는 옅은 미소가 걸려 있었지만, 눈빛은 어딘가 슬퍼 보였다. 나는 누나의 표정을 읽으려 했지만, 그 감정의 깊이를 가늠할 수 없었다. "무슨 일이야?"라고 묻고 싶었지만, 말이 나오지 않았다. 누나는 말없이 나를 바라보다가 조용히 한 걸음 내디뎠다. 순간, 무거운 정적이 방 안을 가득 채웠다.

"잠깐 들어가도 될까?"

누나의 목소리는 평소와 달리 낮고 차분했다. 우리가 함께한 시간은 길다고 할 수 없지만, 누구보다 밝았던 누나가 이렇게 약한 모습을 보일 수도 있다는 사실이 낯설게 느껴졌다. 나는 얼어붙은 듯 아무 말도 하지 못했다. 그럼에도 내 몸은 무의식적으로 반응했다. 문을 더 활짝 열어, 편히 들어올 수 있도록 길을 내주었다. 누나는 천천히 방으로 들어와, 침대 모서리에 걸터앉았다. 그리고 잠시 침묵을 삼킨 뒤, 조용히 입을 열었다.

"놀랐지? 별건 아니고… 나, 남동생 있다고 했던 거 기억나? 사실 딱 너랑 동갑이야."

물론 기억하고 있었다. 초등학생 때 남동생과 장난치다가 베란다 창문을 깨 먹었다는 이야기가 기억났다. 처음 만났을 때, 누나가 내 얼굴을 망설임 없이 마구 만졌던 것도 어쩌면 그 동생이랑 내가 겹쳐 보였기 때문일지도 모르는 일이었다.

"어릴 땐 친했어. 같이 놀고, 말도 잘 통하고. 근데 지금은… 툭하면 시비 걸고, 짜증 내고, 부딪히는 게 일상이야. 뭐, 남매가 다 그렇지 않나?"

나는 친누나나 여동생이 없었지만, 보육원에서 함께 지낸 아이들을 떠올리며 어느 정도 공감할 수 있었다. 그 애들은 지금 잘 지내고 있을까. 여기서 나가면 한 번 찾아가 봐야겠다.

"아까 잠깐 졸았는지 꿈을 꿨는데… 내 동생이 나오더라."

누나는 피식 웃더니, 곧 씁쓸한 표정을 지었다.

"어이없게도, 반가워서 한 대 쥐어박으려고 했거든? 웃기지? 근데… 그 애가 점점 멀어지는 거야. 걔뿐만 아니라, 주변이 전부. 다들 점점 멀어져 가는데, 알고 보니 나 혼자 뒤로 날아가고 있더라. 온 힘을 다해 뛰어보려 했는데 몸이 전혀 움직이지도 않고…"

누나는 그 뒤로 말을 잇지 못했다. 나는 아무 말도 하지 못한 채, 그저 가만히 누나를 바라보았다. 누나에게 아무것도 해줄 수 없다는 사실이 더 괴롭게 다가왔다.

"그래서 여기로 온 거야. 너랑 있으면 동생이랑 함께

있는 것 같은 느낌이 들어서. 너희 진짜 닮았거든. 사진이라도 보여주고 싶은데 폰도 없네. 여기서 나가면 내가 소개해 줄게. 베프 되는 거 아니야? 그러니까…"

 "그러니까, 조금만 같이 있자…"

 그제야 깨달았다. 누나에게 필요한 것은 공감이나 동정이 아니었다. 그저, 함께 있어 줄 사람이었다. 나는 조용히 누나 옆에 앉았다. 누나를 바라보지도, 위로하려 하지도 않았다. 말 그대로, 그저 곁을 지켰다. 그리고 그것만으로도 충분했다. 아까까지 내가 방 안을 돌며 불안해했던 것도, 어쩌면 같은 이유였을까. 가만히 있으니, 머릿속을 헤집던 잡생각들도 더는 나를 괴롭히지 못했다.

 그렇게 시간이 흘러, 마침내 첫 번째 투표의 시간이 도래했다. 예고했던 대로 스피커에서 사이렌 소리가 울려 퍼졌고, 누나와 함께 밖으로 나가니 이미 몇몇이 나와 시간이 되기만을 기다리고 있었다. 정연이 형은 크게 하품하며 나왔고, 태욱이 형과 수연 누나는 7번 방에서 함께 나왔다. 아마 우리처럼 누군가 위로받기 위해 함께 있었을 것이다. 사이렌 소리는 약 1분 정도 울리다 멈췄고, 아까 들렸던 목소리가 다시 마이크를 잡은 듯했다.

 "다들 준비된 것 같네요. 너무 걱정하지 않아도 됩니

다. 그냥 시키는 대로만 하면 금방 끝날 거예요. 자, 각자 자기 자리에 앉아주세요."

삑— 하는 디지털 소리와 함께 원탁의 중앙에서 장치가 솟아오르더니, 일곱 갈래의 홀로그램이 사람들 앞으로 발사되었다. 공중에 멈춘 홀로그램은 신기하게도 타인에게는 보이지 않는 절묘한 각도로 쏘아졌다. 바로 옆자리에 앉은 소희의 화면조차 볼 수 없었다.

"화면에는 1부터 7까지의 숫자가 적혀 있을 겁니다. 위치는 완전히 무작위라 손의 움직임만으로는 누가 누구를 지목했는지 알 수 없을 거니까, 아무 걱정하지 말고 지금부터 투표를 시작해 주세요."

우리는 서로를 바라보았다. 말하지 않아도 계획을 세워둬서, 그대로 이행하기만 하면 오늘 밤은 무사히 넘어갈 수 있을 터였다.

다행히도 자기 자신에게 투표할 수 없다는 규칙은 존재하지 않았다. 나는 가장 오른쪽에 있는 숫자 4를 누르고 주변을 둘러보았다. 모두가 순식간에 투표를 마친 듯했다. 고민할 필요가 없는 투표였으므로, 만약 망설이는 사람이 있다면 그가 스파이거나 숫자를 모르는 사람이 분명했다. 다시 삑— 소리가 울리며 홀로그램을 투사하던 장치는 원탁 속으로 사라졌다.

"다 됐네요. 투표 결과는 모두 방으로 들어가고 문이 잠기면 알려드리겠습니다. 방에 들어가지 않아도 문은 시간이 되면 잠기니까, 빨리 들어가는 게 좋을 거예요. 문이 잠기는 시간은 매일 투표 종료 5분 뒤입니다."

스피커 속 목소리가 말을 마쳤다. 밖에서 기다린다면 범인이나 탈출에 대한 힌트를 발견할 수 있을 것 같았지만, 리스크가 너무 큰 도박은 피하는 것이 상책이었다. 특별한 말을 하지 않아도 모두가 자신에게 투표했음을 알 수 있었다. 마치 '이렇게 간단한 일 때문에 걱정했던 거야?'라는 생각을 공유하고 있는 듯했다.

같은 방향으로 앞서 걸어가던 소희가 휙 돌아보더니, 나를 보며 손을 내밀었다.

"성민아."

소희의 목소리와 표정은 무척 진지했다.

"많은 일이 있었지만, 오늘 하루를 네 덕분에 잘 마무리할 수 있었어. 이런 식으로 언제까지 버틸 수 있을지, 모두가 무사히 탈출하는 게 가능하긴 한 건지 아무것도 모르겠어. 하지만 단 하나 확실한 건, 너와 나는 절대 포기하지 않을 거라는 거야. 끝없이 떨어지는 물방울이 결국 바위를 뚫어낸다고들 하잖아? 여길 전부 부수는 한이 있더라도, 반드시 나갈 거니까. 그러니까 꼭 함께 나가는 거야. …내일 보자!"

 소희는 자기 말만 쏟아내고는 후다닥 방으로 들어가 버렸다. 덕분에 나는 대답할 기회조차 없었다. 손에는 아직도 소희의 온기가 남아 있었다. 소희에게 꼭 전하고 싶은 말이 목구멍까지 차올라 금방이라도 터져 나올 것 같았지만, 이 말은 반드시 대답을 들어야만 의미가 있었다. 그래서 잠시, 단 몇 시간만 꿀꺽 삼켜놓기로 했다. 마지막으로 내가 방문을 닫자, 곧 문이 굳게 잠기는 소리가 들렸다. 그리고 동시에 스피커에서 노이즈가 새어 나오기 시작했다.

 "지금부터 첫 번째 날 투표 결과를 알려드리겠습니다.
 오늘의 에이프 의혹자는— 바로…
 두 표를 얻은 4번 김성민입니다."

 "…뭐?"

 나도 모르게 중얼거렸다. 목소리가 내 이름을 불렀다는 사실을 이해하는 데 몇 초가 걸렸다. 분명 모두가 계획대로 자기 자신에게 투표했을 터였다. 그런데 내가 두 표를 받았다고?

 숨이 가빠졌다. 심장이 미친 듯이 뛰었다.

 누군가 계획을 어긴 거야. 일부러 날 지목한 사람이 있어. 말도 안 돼. 설마, 진짜로 우리 중에 배신자가? 아니야. 그럴 리 없어. 그런 건 믿고 싶지도 않았다. 내가 놓친 트릭이 있었던 걸까? 아니면 투표 결과가 조작된 건가? 꼬리에 꼬리를 무는 의심과 후회가 머릿속을 가득 채웠다. 절망의 구렁텅이로 끝없이 빠져들려는 순간, 스피커의 목소리가 다시 이어졌다.

"원래대로라면 이런 말씀을 드려서는 안 되지만… 상황이 흥미로워졌으니, 보답으로 진실을 하나 알려드리겠습니다. 김성민 씨, 사실 당신은 제가 만든 인공지능입니다. 에이프를 개발하기 전에 연습 삼아 만들었던, 하나의 열등한 시제품이랄까요."

트루먼이 진실을 깨닫고 현실을 향해 나아간 끝에 도달한 곳이 또 다른 세트장이었다면, 그리고 그의 존재마저 부정당하는 순간이 왔다면, 그는 나의 절망에 공감할 수 있었을까?

"무슨… 말이야. 헛소리하지 마."

나는 속삭였다. 목소리가 제대로 나오지 않았다. 심장이 얼어붙는 듯한 감각. 뜨거운 피가 식어가는 느낌. 내 존재가 한순간에 무너지는 소리가 귀에서 울렸다. 분명 내 말은 그 녀석에게 닿았을 터였다. 그런데도 스피커 너머의 목소리는 대답하지 않았다.

"그럴 리가 없어! 너 지금 실수하는 거야! 교통사고로 돌아가신 우리 부모님! 보육원 친구들! 험악하게 생겼지만, 친절했던 공사장 아저씨들! 전부 다 똑똑히 기억하고 있어! 당신이 아무리 뛰어난 기술을 가졌다고 해도, 내 기억에 한 치의 공백도 오류도 없다는 건 말이 안 되잖아! 날 속여서 혼란스럽게 만들려는 속셈이지? 그런 거지? 그럼 대성공이야! 내가 살면서 이렇게 흥분한 적이 없으니까!"

내가 이렇게 큰 목소리를 낼 수 있는 사람인지도 몰랐다. 평생 처음으로 발악이라는 걸 해봤다. 밟히면 꿈틀거리는 굼벵이처럼, 지금의 나는 그저 필사적으로 소리치는 것밖에 할 수 없었다.

"실수가 아닙니다. 당신의 그 22년 인생의 기억들, 팔, 다리, 몸통, 얼굴, 눈, 코, 입, 심지어 모공 하나하나와 뇌까지⋯ 전부 다 제가 만든 작품입니다. 걸작이라 하기엔 부족하지만."

"뭐⋯ 뭐라고?"

"충격을 받으실 거라 예상은 했지만, 생각보다 심하군요. 예상치를 조금 수정해야겠네요. 그래도 아쉽습니다. 만약 기회가 있었더라면, 자기 몸이 이상하다는 걸 바로 알아차릴 수도 있었을 텐데. 작은 상처 하나도, 당신 기억 속에 있던 사람들의 상처와는 많이 달랐을 겁니다.

입술은 붉게 보여야 했기에, 정말 피 같은 색으로 만들었습니다. 하필이면 다쳐도 입술만 다치셨으니, 더욱 의심하기 어려우셨겠죠. 결국, 그냥 운이 없었던 겁니다."

　그 말을 듣자마자 나는 책상을 인정사정없이 내려쳤다. 이성의 끈은 이미 오래전에 끊어졌다. 강한 충격에 책상의 한 부분이 움푹 파였고, 그 위로 피가 뚝뚝 떨어졌다. 하지만, 그건 '피'가 아니었다. 내 몸에서 흘러나온 액체는 에메랄드빛 바다처럼 새파랗고 끈적였다. 상처 난 피부 아래 드러난 뼈는 지나치게 검었다. 현실을 부정하려 애썼지만, 퍼즐 조각들은 너무나도 완벽하게 들어맞았다. 애초부터 모든 것이 그들의 손바닥 안이었다. 나는 처음부터, 처음부터—.

　머릿속이 새하얘졌다. 그리고, 웃음이 터져 나왔다.

　기뻐서도, 슬퍼서도 아니었다.

　분노도, 체념도 아니었다.

　도무지 알 수 없는, 이해할 수 없는 웃음이었다.

　"참, 가기 전에 한 가지 팁을 드리죠. 에이프가 없을 거라는 행복한 망상은 이제 그만 버리시는 게 좋겠습니다. 분명히 에이프는 존재하고, 여러분 중에 있어요. 아, 그렇다고 성민이처럼 자신의 피를 확인해 보는 건 추천

하지 않습니다. 여러분의 몸은 엄연히 인간의 몸이니까요. 사실 성민이는 급하게 투입된 경우라 금방 들통날 줄 알았는데… 그래도 저는 끝까지 여러분을 응원합니다. 내일 투표, 기대하겠습니다."

스피커의 소리가 뚝 끊기자마자, 방 안의 불이 꺼졌다. 암흑이 순식간에 공간을 집어삼켰다. 시야를 잃자마자 다른 감각이 극도로 예민해졌다. 그때, 어디선가 정체불명의 가스가 분출되는 소리와 함께 기계 장치들이 작동하는 금속성 마찰음이 들려왔다.

나는 푸르게 물든 손을 마구 휘저으며 저항했다. 하지만 어둠 속에서 다가오는 수십 개의 기계 팔을 모조리 쳐내기란 불가능했다. 차갑고 단단한 무언가가 팔을, 다리를, 허리를 붙잡았다. 몸이 공중으로 끌어올려지는 듯한 느낌이 들었다.

그리고 그날 밤—
성민의 마지막 절규를 들은 사람은 아무도 없었다.

2장

기상을 알리는 사이렌 소리가 울려 퍼졌다.

사실 나는 간밤에 잠시도 눈을 붙이지 못했다. 성민이가 인간이 아니라는, 믿기 힘든 사실을 듣고 두 다리 쭉 뻗고 편히 잘 수 있는 사람이 이곳에 과연 있었을까.

성민이와 이야기했던 대로, 그 녀석들은 정체가 드러난 에이프를 자유롭게 내버려두지 않을 것이 분명했다. 스스로 그의 정체를 폭로한 것에는 반드시 어떤 의도가 있을 터였다. 그러므로, 성민이의 안부를 확인하는 것이 지금, 이 순간 가장 시급한 일이었다. 그래야 내 머릿속을 어지럽히는 질문들에 대한 해답의 실마리를 찾을 수 있을 것 같았다.

두 눈이 퀭한 사람들은 모두 같은 생각으로 잠을 설친

채 같은 공간에 모였다. 특히, 채원 언니의 상태가 심각해 보였다. 가족처럼 여기던 성민이가 만들어진 존재였다는 사실을 받아들이기란 쉽지 않았을 것이다. 물론 함께 숨을 헐떡이고 있던 정연 오빠와 나 역시 그 잔혹한 진실을 쉽게 받아들일 수 없었다.

그렇지만, 그들이 거짓말을 했을 것 같지도 않았다. 이 정도 규모의 시설과 계획을 마련했을 정도라면, 그들은 치밀하고도 완벽하게 준비했을 것이다. 그 모든 과정을 제 거짓말로 망친다는 건 상식 밖의 일이었다. 성민이가 인간이 아니라는 사실이 진실인지 아닌지는, 지금 이 문을 여는 순간 확인할 수 있을 것이라는 확신이 내 온 신경을 자극했다.

손잡이에 손을 올려놓은 채 눈을 감고 셋을 셌다. 눈을 감고 있어도 언니와 오빠의 결심이 등에 닿아 전해졌다. 이 앞에 어떤 모습이 펼쳐지더라도 우리는 결코 물러서지 않을 것이었다. 무거운 각오와는 달리, 너무나도 가볍게 돌아간 손잡이는 어젯밤 벌어졌을 사건에 대해 입을 꾹 닫고 있었다. 텅 비고 차갑기까지 한 방 안은, 어떠한 흔적도 남아 있지 않았다. 마치 처음부터 이곳에 아무도 들른 적이 없었던 것처럼, 내가 처음 눈을 떴던 그 모습 그대로였다. '성민이'라는 존재가 애초에 없었던 것처럼, 그를 기억할 수 있는 그 어떤 흔적도 남아 있지 않았다. 이제 그는 그저 우리의 기억 속에만 남아, 점차 잊히기만을 기다릴 뿐이었다.

뒤늦게 도착한 사람들과 함께 방 안을 샅샅이 뒤졌지만, 결국 성민이의 흔적은 어디에서도 발견되지 않았다. 단지 흔적뿐만 아니라, 먼지 한 톨조차 존재하지 않았다. 방 안은 마치 이제 막 탄생한 것처럼, 너무나도 완벽하게 정돈되어 있었다. 그 사실은 우리 여섯 명 모두를 좌절시키기에 충분했다.

아무것도 할 수 없는 무력감, 처음부터 속았다는 배신감, 그리고 뿌리째 끓어오르는 증오심까지. 그 모든 부정적인 감정이 가슴속에서 얽히고설켰다. 그 감정들을 어딘가로 흘려보내지 않으면, 나는 나로서 남아 있을 수 없을 것 같았다. 말로 표현할 수 없는 감정들이, 결국 단 한 방울의 무거운 눈물이 되어 뺨을 타고 흘러내렸다.

부정적인 감정은 마주하는 게 중요하다고 했던가, 점차 융해되는 그것들과 함께 굳었던 심장도 평소의 역할을 다하기 시작했다. 힘찬 박동 소리와 함께 이성이 깨어났고, 주위를 둘러보니 아직 어찌할 바를 몰라 낙담하고 있는 이들이 보였다.

우리는 아무 말도 하지 못한 채, 그 방 안에서 한참을 서 있었다. 마치 그 자리에 못이 박힌 사람들처럼. 누구도 먼저 입을 열지 않았다. 아무리 머리를 쥐어뜯고 생각해 봐도, 이게 현실이라는 사실이 도무지 납득되지 않았다. 누군가 의자에 풀썩 주저앉았고, 누군가는 벽에 기댄 채 천장을 멍하니 바라봤다. 손톱을 물어뜯는 사람, 무릎을 끌어안고 웅크린 사람, 숨소리마저 들리지 않을 정도로 조용한 공간 속에서, 시간은 무색하게 흘러가고 있었다.

우리는 무너져 버렸다. 눈에 띄게, 확연하게.

"…이게 말이 돼?"

누군가 조용히 중얼거렸다. 목소리는 떨리고 있었고, 그 말에 누구도 대답하지 못했다.

성민이는 다정한 사람이었다. 누구라도 성민이와 이야기를 나누다 보면, 어느새 마음이 편안해지고 기분이 좋아지곤 했다. 그는 언제나 진심으로 귀 기울였고, 누구의 감정이든 깊이 공감해 줄 줄 알았다. 이곳에 있는 모두가 좋은 사람이었지만, 성민이가 보여준 그 특별한 다정함이 없었다면, 몇 번이고 무너졌을 순간들이 분명히 있었을 것이다.

그런 그가, 인간이 아니었다는 것이다.

어젯밤, 결국 성민이의 목소리는 들리지 않았지만, 스피커 너머로 들린 목소리에서 성민이도 큰 충격을 받았다는 것을 알 수 있었다. 자신이 누군지도 모르고 살아왔고, 마지막 순간까지 인간이라고 믿었을 것이다. 그리고, 그런 자신이 '작품'에 불과하다는 사실을 깨달았을 때의 혼란과 두려움은, 아마 상상조차 할 수 없을 만큼 끔찍했을 것이다.

"그렇게 인간다웠던 성민이조차 인공지능이었다면… 우리 중 누가 에이프인지, 도대체 어떻게 알아?"

내 입에서 흘러나온 그 질문은 곧 절망이었다. 무겁게 가라앉은 침묵 속에서 아무도 선뜻 입을 열지 못했다. 그러던 중, 내가 다시 입을 열었다.

"근데… 대체 누가 성민이한테 한 표를 더 넣은 걸까요? 다들, 제대로 투표한 거 맞아요?"

내 말에 채원 언니가 확신에 찬 목소리로 대답했다.

"물론이지. 우리가 정했던 대로 각자 숫자에 1을 더해서 투표하기로 했잖아. 성민이가 두 표를 받았다는 건, 우리 중 누군가 실수했거나… 일부러 성민이한테 표를 던졌다는 거야."

모두가 조금씩 고개를 끄덕였다. 한 사람씩 돌아가며, 자신은 분명 정확하게 투표했다고 말했다. 그들의 얼굴

어디에도 거짓말하는 낌새는 보이지 않았다. 그때, 내 머릿속을 번개처럼 스치는 생각 하나가 떠올랐다.

"설마… 성민이가 자기한테 투표한 건 아닐까요?"

다들 놀란 눈으로 나를 바라봤다. 나는 급히 말을 이었다.

"처음에 성민이가 제안한 방식, 자기 번호에 투표하는 거였잖아요? 그러다가 언니가 '괜히 트집 잡히지 않게 숫자에 1을 더해서 투표하자'라고 정리했지만, 성민이가 그걸 착각했을 수도 있어요. 혹시… 성민이만 그걸 제대로 못 들었거나, 혼동해서 자기 숫자 그대로, 자기한테 투표했던 건 아닐까요?"

모두의 얼굴에 미묘한 표정이 떠올랐다. 경악, 당혹감, 혼란.

"…그럼, 성민이는… 실수로 자기를 찍었다는 거야?"

채원 언니가 조용히 중얼거렸다.

"충분히 가능성 있어. 성민이는 처음부터 그 방식으로 생각하고 있었으니까."

호연 오빠가 고개를 끄덕이며 말했다. 나는 참았던 감정을 더는 억누를 수 없었다.

"하루아침에… 단순한 착각 하나 때문에, 사람이 사라졌다고요? 말도 안 돼. 그렇게 따뜻했던 성민이가, 그렇게 다정했던 그 애가, 기계였다는 것도 끔찍한데… 실수 때문에 사라졌다니…"

내 목소리는 떨렸고, 눈가가 뜨거워졌다.

"……나 먼저 갈게."

그 말만 남긴 채 채원 언니와 정연 오빠가 방을 나갔다. 몸을 제대로 가누지도 못하는 수연 언니는 태욱 오빠가 조심스레 부축해 데리고 나갔다. 결국, 성민이의 방 안에는 나와 호연 오빠만이 남게 되었다.

"아무리 그래도 말 한마디 못 하고 사라지다니. 이게…. 네가 예상했던 결과였어? 너무하잖아. 얼마나 외로웠을까…."

"...하지만, 성민이가 사라졌다는 게 꼭 위험에 처했다는 의미는 아니잖아. 그저… 지금은 감춰진 것뿐일 수도 있어."

호연 오빠는 조심스럽게, 하지만 단호하게 말을 이어갔다.

"만약 성민이도 진실을 몰랐던 거라면, 그리고 그 충격에 휩쓸려 아무런 저항도 못 하고 끌려간 거라면… 우리가 직접 구해낼 수도 있지 않을까?"

그 말은 어두운 동굴 속에 반짝이는 아주 작은 불빛 같았다. 당장 지키지 못하면 금방 꺼져버릴지도 모를 만큼 아주 작은 불빛이었다.

"맞아요. 이대로 무너질 수는 없어요."

나는 깊은숨을 들이쉬며 자리에서 일어났다. 눈에는 더는 눈물도, 공포도 없었다. 오직 해야 할 일을 향한 굳센 다짐만이 담겨 있었다. 곧장 채원 언니를 찾아 3번 방으로 향했다. 언니에게 이 말을 꼭 전하고 싶었다. 괜찮지 않다고 해도, 곁에 있다고. 다 잃지 않았다고.

하지만 방 안은 텅 비어 있었다.

"방으로 돌아간 게 아니었나?"

언니를 찾아낸 곳은 도서관이었다. 책을 산처럼 쌓아두고, 눈물로 얼룩진 휴지를 가득 옆에 쌓은 채, 시뻘게진 눈으로 책장을 넘기고 있었다. 마치 굶주린 하이에나가 남겨진 뼛조각 하나까지 핥아 삼키듯, 결코 단 한 글자도 놓치지 않겠다는 집념으로, 책의 문장 하나하나를 파고들고 있었다.

그런 언니의 모습을 본 나는, 그 뒤에 조용히 멈춰 섰다. 위로의 말을 전하러 왔지만, 더 이상 그럴 필요는 없어 보였다. 마치 세상을 향한 울분을 책 속에 모조리 쏟아내듯, 언니는 자신만의 방식으로 싸우고 있었다. 위로가 필요했던 게 아니었네. 나는 더 이상 다가가지 않고, 조용히 도서관을 빠져나왔다.

한편, 성민이 방에서 함께 나갔던 태욱 오빠와 수연 언니는 어느새 정연 오빠와 합류해 있었다.

"성민이만 없어진 게 아니고, 그 방 전체가 너무 완벽하게 정리돼 있었어. 먼지 하나 없이. 그건 분명 누군가, 아니 어떤 '무언가'가 그곳에 들어왔다는 뜻이야."

정연 오빠는 진지한 표정으로 단언했다.

"이 정도로 완벽하게 정리하려면 사람 손으론 불가능해. 뭔가 기계 장치나 시스템이 작동한 거야. 그 말인즉슨, 그 장치가 드나들 수 있는 '통로'가 존재한다는 거지."

그 말에 모두가 고개를 끄덕였다. 애초에 이 정도 규모의 구조물을 만들려면, 장비나 가구들을 들여올 수 있는 넓은 입구가 필수적이었다. 나에게도 함께 통로를 찾으러 가자고 했지만, 아직 생각이 완전히 정리되지 않은 나는 잠시 쉬고 싶다고 말했다. 채원 언니는 언니만의 방식으로, 정연 오빠 무리는 그들만의 방식으로 이곳에서 버텨내고 있었다. 그렇다면 나는, 나는 어떻게 싸워나가야 하지?

침대에 누워 그 질문을 머릿속에 품고 한참을 생각했다. 도저히 답은 나오지 않았지만, 그저 멈춰있을 수는 없다는 것은 분명했다.

그래서 나는 마음먹었다. 에이프를 찾아내야겠다고. 그런데… '에이프를 찾아낸다'라는 건 대체 무슨 의미일까? 나는 그것에 대해 충분히 생각해 본 적이 있었던가?

우리가 말하는 '에이프'는, 결국 자신을 인간이라 믿고 있는 누군가였다. 그 사람에게 "넌 우리와 같은 존재가 아니야"라고 말하는 건… 너무 잔인한 일이 아닌가. 아니, 그보다 무서운 건, 그 에이프가 어쩌면 '나'일 수도 있다는 사실이었다. 그럼에도 나는, 그런 가능성은 애써 외면하고 있었다. 아마 모두가 그럴 것이다. 우리는 그저, 우리 안에 있는 동료를 더 오래, 더 많이 살리고 싶다는 마음뿐이었다. 그게 우리가 붙잡을 수 있는 마지막 희망이니까.

그렇게 우리의 두 번째 날이 시작되었다.

어제까지만 해도 엠티처럼 느슨하고 어색했던 분위기는 온데간데없었다. 각자의 얼굴에는 진지함이 가득했고, 말수도 부쩍 줄었다. 설마, 이걸 노린 걸까? 우리가 너무 해이해져 있으니, 일부러 자극을 준 건 아닐까? 그런 의심이 들었지만, 지금은 의미 없었다. 남은 시간 안에 에이프를 색출해 낼 기막힌 방법을 생각해 내야만 했다.

나처럼 방에 홀로 남아 있던 호연 오빠와 함께 향한 곳은 도서관이었다. 어젯밤, 우리가 인공지능에 대해 너무도 무지하다는 사실을 뼈저리게 깨달았기 때문이다. 도서관 한쪽 구석, 채원 언니는 여전히 충혈된 눈으로 책을 읽고 있었다. 말을 걸까 고민했지만, 조용히 뒷걸음질 치듯 물러나 호연 오빠 옆에 섰다.

"음, 일단… 우리 성민이를 기준으로 생각해 보는 건 어때? 확실히 시인한 건 아니지만, 정황상 에이프인 건 맞는 것 같으니까…"

가슴이 조여왔지만, 부정할 수는 없었다.

"그래요. 정말 싫지만… 어쩔 수 없죠."

나는 책장에서 인공지능 관련 책 한 권을 꺼내 정의를 읽었다.

"인공지능이란 인간의 지능이 가지는 학습, 추리, 적응, 논증 따위의 기능을 갖춘 컴퓨터 시스템이다."

무미건조한 정의였다. 물론 학자마다 다르겠지만, 대충 감은 잡힌다. 기계 주제에 인간 흉내를 내는 것이다. 문득, 아담과 이브가 신처럼 되고 싶어 선악과를 먹은 이야기가 떠올랐다. 인공지능의 끝도 결국 '쫓겨남'일까? 그리고 그들만의 세상을 만들어 가게 될까?

"근데… 우리가 인공지능을 판단할 수 있을까요?"

여전히 책장 앞에 서 있는 호연 오빠에게 물었다.

"청담동 한복판에서 '인공지능이 인간보다 못하는 건 뭘까?'라고 물으면, 무슨 대답이 많을까?"

"창의력, 공감 능력… 감정이나 직감 같은 걸 말하지 않을까요?"

"그렇겠지. 근데 성민이는 그런 걸 완벽하게 해냈잖아."

호연 오빠는 무언가를 떠올리며 고개를 끄덕였다.

"특히 너나 채원이는 그런 거 자주 느꼈을 것 같은데?"

소희는 짧게 숨을 들이쉬고는 슬쩍 시선을 돌렸다.

"맞아요. 실없는 말장난조차 너무 독창적이라서 깜짝 놀란 적도 있었어요. 전혀 이상함을 못 느꼈는데… 그게 베타 버전이라니."

"우리, 가망이 있긴 한 걸까?"

"그래도… 어쩌겠어요."

소희는 조용히 책을 덮었다.

"내일 우리가 살아남으려면, 어떻게든 찾아내야죠."

도서관 안은 여전히 고요했고, 채원 언니는 묵묵히 책장을 넘기고 있었다.

그 시각, 헬스장에서는 수연, 정연, 태욱이 비밀 통로를 찾기 위해 벽면을 덮고 있는 거울들을 하나하나 두드려 보고 있었다. 작은 울림이라도 포착하려는 듯, 정연은 날카롭게 집중하고 있었다.

"수연아, 이번엔 저 끝에 가서 들어볼래? 뒤에 공간이 있으면 분명히 울리는 소리가 다를 거야."

정연의 말에 수연이 급하게 대답했다.

"자… 잠시만요! 화장실 좀 다녀올게요!"

그러고는 허둥지둥 체육관을 빠져나갔다.

"수연이가 저렇게 빨리 달리는 건 처음 보네. 속이 안 좋은 건가?"

정연이 어깨를 으쓱이며 혼잣말하듯 말했다. 그러곤 곁에 있던 태욱을 슬쩍 쳐다보며 익살스러운 웃음을 지었다.

"너 같이 따라가 봐야 하는 거 아니냐?"

"내가 왜!"

태욱은 손사래를 쳤다.

"그만 좀 놀려. 아니랬잖아."

"미안, 미안. 근데 말이야, 강한 부정은 강한 긍정이라는 말도 있잖아? 그만 인정하면 나도 안 놀릴게."

정연의 짓궂은 말에 태욱은 한숨을 쉬며 거울 앞으로

다가갔다.

"됐고, 네가 귀 좀 대봐. 이번엔 세게 친다."

"거울 부수지만 마. 괜히 다치면 누가 걱정할라."

정연의 놀림에 말문이 막힌 태욱이였지만, 마땅한 반박도 떠오르지 않아 결국 화풀이하듯 거울을 세게 두드렸다. 그러나 돌아온 건 시원한 울림이 아니라, 얼얼해진 자기 손뿐이었다.

"아, 태욱아. 내가 생각을 좀 해봤는데, 네가 좀 도와 줘야 할 것 같다."

"엉? 뭔데 또. 이상한 거면 안 해."

"이상한 거 아냐. 일단 들어봐. 이게 잘만 되면, 오늘 투표에서 확실히 에이프를 걸러낼 수도 있어."

정연은 목소리를 낮춰, 누군가 엿듣지 않도록 조심스럽게 자신의 계획을 털어놓았다. 설명을 들은 태욱은 처음에는 멍하니 듣고 있다가, 곧 고개를 크게 끄덕이며 감탄을 내뱉었다.

"오, 생각보다 괜찮은데?"

정연이 으쓱하며 웃었다. 마침, 수연이 화장실에서 돌아오는 모습이 보였다.

"그럼, 나중에 잘 부탁한다, 친구."

정연은 태욱에게 어색한 윙크를 건넸다.

"근데 여기, 책이 좀 지나치게 많지 않아? 굳이 이렇게까지 해야 했을까? 뭐, 인공지능 관련 책이 많은 건 이해돼. 그런데 이런 건 왜 있는 걸까?"

호연 오빠가 기지개를 켜며 소설책들이 꽂힌 책장을 가리켰다.

"에이프를 찾으려면 인공지능을 아는 것도 중요하지만, 인간에 대해 아는 것도 중요하다고 생각해요. 고전 소설 같은 건 철학적인 메시지도 담고 있고, 삶에 대해 생각해 볼 기회를 주잖아요. 그런 이유에서 놓아둔 게 아닐까요?"

나는 그렇게 대답하며, 복잡한 문양이 그려진 책 표지를 구경하던 오빠에게 물었다.

"평소에 책 자주 읽으세요?"

"책? 당연히 안 읽지. 시간이 너무 오래 걸리잖아. 내 취미가 유튜브 2배속으로 보기거든. 가성비 있게, 딱 좋아. 영상도 금방 질리는데 책은… 상상만 해도 졸려."

딱 그런 반응이었다. 다행히 나는 제법 책 읽는 습관이 잡혀 있었고, 적어도 한 달에 두 권 정도는 꾸준히 자기계발서나 에세이를 읽어왔다. 덕분에 익숙한 제목들이 눈에 띄었다. '죄와 벌', '변신', '안나 카레니나', '데미안', '백 년의 고독'… 하지만 고전은 내 취향이 아니었기에, 그나마 읽어본 건 할아버지 어부와 거대한 물고기의 이야기인 '노인과 바다' 정도였다.

우리는 눈에 띄는 책들을 테이블 위에 쌓아두고 읽기 시작했다. 최소한 한 권은 읽자고 해서 각자 가장 얇아 보이는 걸 골랐지만, 그런 책일수록 압축된 내용이 많고 어렵게 느껴져서 더 힘들었다. 오빠는 어느 순간부터 꾸벅꾸벅 졸기 시작하더니, 이제는 거의 잠들기 직전이었다.

"소희야, 나 하나 깨달은 게 있어."

"오, 뭔데요? 책이 도움이 되긴 하나 보네요."

"우린 적어도 인간이 확실해. 인공지능으로 개조당했다면 이런 얇은 책쯤은 순식간에 다 읽었을걸? 집중력도 없고 이해도 안 되는 게 오히려 인간이라는 증거 아니겠어?"

완전히 틀린 말은 아니라고 생각했지만, 오빠에게 내가 계속 읽을 테니 잠깐 눈 좀 붙이라고 했다. 그 말이 떨어지기 무섭게, 그는 책을 덮지도 않고 그대로 고개를 떨군 채 단잠에 빠져들었다. 그 모습을 보니 나도 슬슬 흔들렸지만, 어느새 책을 절반 가까이 읽어버려서 포기하기엔 아까웠다. 그 오기가 가장 큰 실수였다. 막상 끝까지 읽고 나니 머릿속에는 남는 게 하나도 없었고, 남은 건 온몸에 퍼진 피로감뿐이었다. 채원 언니만큼은 여전히 깊은 집중력을 유지하고 있었다. 그래서 나는 뭔가를 맡길 수 있는 사람이 있다면, 언니뿐이라는 생각이 들었다.

시간이 꽤 흐른 것 같아 호연 오빠를 조심스레 흔들어 깨웠다. 그리고 조용히 채원 언니에게 다가가 말을 걸었다.

"언니, 슬슬 쉬는 게 좋을 것 같아요. 아무리 집중해도 몸이 따라주지 않으면 오히려 비효율적일 수도 있잖아요. 의지만으로는 뇌를 제대로 쓸 수 없대요."

몇 번의 설득 끝에, 언니는 고개를 끄덕이며 책을 덮었다. 그렇게 우리는 셋이 함께 식당으로 향했다.

그곳에는 이미 정연 오빠, 수연 언니, 태욱 오빠가 먼저 도착해 우리를 기다리고 있었다. 요리를 제대로 할 줄 아는 사람이 호연 오빠뿐이라, 다들 잠시 기다렸다가 곧 찾으러 갈 생각이었다고 했다. 내심 의지 받고 있다는 걸 느낀 호연 오빠는 기합을 넣어 요리에 더더욱 정성을 들였고, 그 덕분에 시간이 조금 더 걸리긴 했지만, 결과는 역시나 만족스러웠다. 서로의 성과나 진행 상황을 나눌 수 있는 이 식사는, 오히려 좋은 기회였다.

"나중에 다시 이야기하겠지만, 비밀 통로 같은 건 아무리 찾아도 없었어. 우리가 못 찾은걸 수도 있지만."

정연 오빠가 지친 얼굴로 말했다.

"진짜 이상할 정도로 없더라. 헬스장의 거울도 두드려 봤고, 긴 막대기로 벽도 다 찔러봤어."

수연 언니의 말투에도 피로가 묻어났다.

"그럼 평범한 방식으로는 찾을 수 없게 설계된 것 같아요. 성민이가 사라진 것도 밤이었고, 그때는 문도 잠겨 있었잖아요. 혹시 밤에만 작동하는 장치나 출입문이 따로 있는 게 아닐까요?"

내가 조심스럽게 추측을 내놓자,

"설마 그놈들이 밤마다 여기로 들어오는 거 아니야? 그래서 급하게 정리하고 사람 옮기느라 난리가 나니까, 우리 못 나오게 문을 잠근 거고. 여긴 방음도 잘 되잖아."

호연 오빠도 곧바로 이어받았다.

"그러니까요. 그 통로만 찾아낼 수 있다면, 상황을 뒤집는 것도 가능하겠죠. 문제는… 그걸 어떻게 찾느냐는 거예요."

정연 오빠가 고개를 절레절레 저으며 말했다.

여섯 명의 머리가 한 방향을 향해 돌아가기 시작했다. 단지 '밤'이라는 시간대에 희미한 가능성이 열렸을 뿐인데, 우리는 몇 분 전보다 훨씬 더 진화한 기분이었다.

"잠복 같은 건 어때?"

이번엔 수연 언니가 아이디어를 냈다. 방으로 돌아가지 않고, 건물 어딘가에 숨어 있다가 밤에 움직이는 자들을 직접 마주하겠다는 계획이었다.

"스피커에서 안내가 나왔을 때 '방 안으로 들어가라'라고만 했지, '들어가지 않으면 어떻게 된다'라는 말은 없었잖아요. 규칙이 명확하지 않으면, 오히려 빈틈이 될 수도 있어요."

나는 기억을 더듬으며 말했다. 성민이의 '자기 투표'처럼, 규칙이 명시되지 않은 부분은 상대적으로 자유롭게 해석할 여지가 있었다.

"근데 그건, 리스크가 너무 큰 거 아니냐? 어떤 처벌이 있을지도 모르잖아."

태욱 오빠는 회의적인 얼굴이었다.

"맞아요. 위험한 건 맞지만, 어제처럼 자기 자신에게 투표해도 아무 일 없었던 걸 보면, 오히려 우리가 생각하는 것보다 제한이 느슨할 수도 있어요. 오늘 밤 성공하면 내일 아침이 밝기 전에 탈출할 단서라도 얻을 수 있을지도 몰라요. 게다가 밤에 방으로 돌아가지 않았다고 심하게 제재를 가한다면, 그들로서도 계획에 혼선이 생기겠죠. 큰 위협이 아니라면, 도전해 볼만한 도박이라고 생각해요."

내 연설이 끝나자, 결국 의견은 '잠복' 쪽으로 좁혀졌다. 모두가 동의했고, 뒷정리를 마친 후에 구체적인 계획을 세우기로 했다. 물론 우리의 모든 언행이 카메라와 마이크로 감시되고 있는 것이 뻔했기에, 최대한 감시 사각지대처럼 보이는 장소, 벽에서 멀찍이 떨어진 지점을 찾아내 거기서 머리를 맞댔다.

"근데… 전기충격은 어떡하지? 그때 생각만 해도, 온몸이 타들어 가는 기분이야…."

태욱 오빠가 팔을 문지르며 말하자, 모두의 표정이 굳어졌다. 그날의 고통은 단순한 통증을 넘어선 것이었다. 속수무책으로 당했던 그 기억, 몸을 움직일 수조차 없던 그 압도적인 공포. 직접 본 나야 말할 것도 없고, 기절해 있던 오빠를 본 다른 이들조차 그 순간의 충격을 짐작하고도 남을 만큼 끔찍한 몰골이었다.

"그때 오빠는 기절해 있어서 못 들었겠지만, 저는 그 목소리가 분명히 전기충격을 사용하지 않겠다고 말한 걸 들었어요. 우리가 자유롭게 움직이는 게 중요하다고 했나? 물론 그 '자유'에 규칙을 어기는 게 포함되는지는 모르겠지만요. 하지만… 하이 리스크, 하이 리턴이에요."

그 말을 믿는 것 외엔, 우리가 앞으로 나아갈 수 있는 다른 방법은 존재하지 않았다.

"…잠깐 10분 정도 쉬었다가 원탁으로 갈까? 아직 그쪽 얘기는 제대로 못 들었잖아. 사실 그게 제일 중요하기도 하고."

정연 오빠가 도서관에 모여 있던 우리를 바라보며 말했다. 나로선 이렇다 할 성과가 없었기에, 이제 채원 언니가 무엇을 발견했는지 들어볼 수밖에 없었다.

"그건 걱정하지 마. 확실한 건 아니지만, 자신 있어."

언니는 짧게 대답했다. 하지만 아까부터 이상할 정도로 이 질문에 대해서는 입을 뻥긋도 하지 않는 언니였다.

"오늘은 유난히 하루가 길게 느껴지네."

나는 방으로 돌아와 그대로 침대 위로 몸을 던졌다. 푹신한 이불은 정신을 조금이라도 놓는 순간 나를 잠식해 버릴 것 같은 달콤한 유혹이었다. 이 미스터리한 공간 안에서, 가장 진실한 장소는 어쩌면 이곳일지도 몰랐다.

나름대로는 잠들지 않으려 버텼다고 생각했지만, 현실은 달랐다. 누운 지 얼마 지나지 않은 것 같은데, 문을 두드리는 소리에 화들짝 눈을 떴다. 이상하게도 머리가 맑게 개운해져 있었고, 온갖 잡념도 사라져 내 머릿속은 고요했다.

 문을 열자, 채원 언니가 나를 기다리고 있었다. 이미 나를 제외한 모두가 모여 있다는 말에 괜히 민망해져 얼굴이 붉어졌다. 나는 조용히 언니를 따라가, 내 자리에 앉았다. 가장 먼저 입을 연 건 정연 오빠였다.

 "모두 모인 것 같으니까 시작해 볼까요? 누나, 아까 모두 모이면 얘기해주겠다고 했던 거, 이제 말해줄 수 있어요?"

 "그래. 사실 별거 아닐 수도 있는데, 본론부터 말할게. 혹시 너희, '하인츠 딜레마'라는 거 들어 봤어?"

 "뭔 딜레마요? 하인츠? 그게 뭔데요?"

 수연 언니가 의아한 표정으로 되물었다.

 "나도 대학생 때 한 번 들었던 내용이라 정확히 기억나진 않았는데, 아까 도서관에서 책을 읽다가 다시 찾았어. 일단 이 딜레마가 어떤 건지 간단히 설명할게.

 하인츠라는 남자의 아내가 생명을 위협하는 병에 걸렸고, 그 병을 치료할 수 있는 약이 단 한 명의 약사에게만 있었던 상황이야. 그런데 그 약사가 약값을 터무니없이 비싸게 매긴 거지. 결국 하인츠는 아내를 살리기 위해 약을 훔쳐야 할지, 아니면 법을 지키고 아내를 잃어야 할지 고민하게 돼. 그게 바로 하인츠 딜레마야."

"그걸 통해 뭘 알 수 있다는 거야?"

호연 오빠가 진지한 얼굴로 물었다.

"이 딜레마는 도덕적 판단이나 윤리적 선택처럼, 인간만이 할 수 있는 복잡한 사고를 드러내는 데 쓰인대요. 책에서는 이런 상황을 통해 각자의 가치관과 사고방식을 분석할 수 있다고 했어요. 어쩌면, 인간과 인공지능을 구분할 수 있는 결정적인 차이를 이 안에서 찾아낼 수 있을지도 몰라요. 다들, 지금부터 10분 정도 시간을 줄 테니까, 이 종이에 자기 생각을 최대한 구체적으로 적어줘. 나는 그동안 이 딜레마에 대해 조금 더 자세히 설명해 볼게."

언니는 어디서 났는지 모를 하얀 A4 용지와 연필을 꺼내 들었다. 도서관 구석에서 우연히 발견했다고 했다.

"옛날 어느 작은 마을에 하인츠라는 남자가 있었어. 그는 사랑하는 아내와 함께 행복하게 지내고 있었는데, 어느 날 아내가 심각한 병에 걸려버린 거야. 의사가 말하길, 아내가 살기 위해 꼭 필요한 약이 한 가지 있다고 했어. 그런데 그 약은 마을의 한 약사에게만 팔고 있었고, 가격이 너무 비싸서 하인츠는 자신의 모든 재산을 모아도 살 수가 없었어.

하인츠는 너무 절망해서 깊은 고민에 빠졌지. 아내를 살리기 위해 약을 훔치는 게 옳은 일인지, 아니면 법을 지키고 아내를 잃는 게 옳은 일인지를 선택해야 했거든.

그래서 하인츠는 깊은 밤에 약사에게 몰래 들어가서 약을 훔칠 계획을 세웠어. 그의 마음은 아내를 사랑하는 마음과 법을 어기는 것에 대한 두려움으로 갈라져 있었지. 아내의 생명을 위해 어떤 선택을 해야 할지를 고민하면서 약국으로 향했어.

그때 하인츠는 아내를 위해 약을 훔치는 게 정말 옳은 행동인지, 아니면 법을 지키는 게 더 중요한지를 깊이 생각하게 되었어. 아내의 생명과 법, 그리고 자신의 도덕적 신념 사이에서 갈등하면서, 하인츠는 어떤 결정을 내려야 할지 딜레마에 빠지게 된 거지."

정확히 10분이 지나자, 채원 언니는 조용히 일어나 종이를 하나씩 걷었다. 그러곤 다시 자리에 앉아 설명을 이어갔다.

"이 하인츠 딜레마는 '로렌스 콜버그'라는 심리학자가 만든 거야. 총 여섯 단계의 도덕성 발달 수준이 있고, 내가 지금부터 그 기준에 따라 분류해 볼게."

언니는 책상 위에 펼쳐진 책을 참고하며, 종이를 한 장씩 조심스럽게 넘겼다. 오늘 우리의 운명이 그 손끝에 걸려 있는 것과 다름없었다. 그렇게 종이는 총 세 묶음으로 나뉘었고, 각각 세 장, 두 장, 한 장이었다. 아무래도 남들과 다른 의견을 낸 한 명이 가장 의심스러웠다.

"먼저, 이 세 장짜리 묶음부터 볼게."

채원 언니는 종이들을 집어 올리며 말을 이었다.

"여기엔 나랑 소희, 정연이 의견이 모였어. 정리하자면, 하인츠가 약을 훔치는 건 법적으로는 잘못이지만, 아내의 생명을 구한다는 더 큰 가치를 위해 불가피한 선택이었다고 했네. 또, 이런 상황에 대응할 수 있도록 관련 법이나 제도를 재정비할 필요가 있다는 의견도 있었고."

언니는 이 의견이 '탈인습적 수준'에 해당하며, 실제로는 매우 드물게 나타난다고 설명했다. 세 명이나 같은 생각을 했다는 점에 대해서도 놀라워했다.

이어서 두 장짜리 묶음을 펼쳤고, 거기엔 호연 오빠와 태욱 오빠의 의견이 담겨 있었다. 자연스레 남은 한 장은 수연 언니일 가능성이 컸고, 나 역시 언니를 슬쩍 바라보았다. 예상대로 수연 언니는 눈에 띄게 동요하고 있었지만, 아직 언급할 시점은 아니었다. 혼자만의 의견이라는 점에서 불리하게 보일 수 있지만, 동시에 가장 인간다운 주장을 했을 가능성도 있었다. 그걸 알고 있기에 언니도 말없이 조용히 있었던 걸지도 모른다.

"이번엔 '인습적 수준'에 해당하는 의견이야. 호연 오빠는 약을 훔친다면 결국 사회적으로 비난받을 거고, 하인츠의 아내도 그런 방식으로 살아남은 걸 후회할 수도 있다고 적었어. 태욱이도 비슷한데, 불법행위를 각오하고 약을 훔쳤다면 그에 대한 처벌을 받아야 하고, 그 이상은 비난할 수 없다고 했네.

여러 가지가 많이 적혀 있긴 한데, 그래도 두 사람 다 문명이 유지되기 위해선 일정한 법질서가 필요하다는 점을 강조했어. 의외로 태욱이가 제일 많이 적었더라고."

"당연하죠. 내 운명이 걸린 문제인데, 대충 쓸 순 없으니까."

"마지막으로…."

채원 언니는 잠시 말을 멈추고, 손에 쥔 종이를 한 번 더 내려다보았다. 마치 방금 읽은 내용을 곱씹는 듯, 눈빛이 잠깐 흔들렸다.

"수연이의 의견인데… '법은 기본적으로 지켜야 할 규범이므로, 하인츠가 약을 훔친 것은 처벌받아야 할 행동이다. 그러나 결과적으로 더 많은 사람에게 좋은 일이 된다면, 아내를 살리기 위해 약을 훔친 것도 충분히 이해할 수 있는 선택이다.'라고 되어 있어."

채원 언니는 종이를 내려놓고, 천천히 수연 언니를 바라봤다.

"수연아, 그래서 결론은 뭐야? 너라면 어떤 선택을 할 것 같아?"

수연 언니는 잠시 망설이다가 고개를 숙이며 조용히 대답했다.

"결론을… 내릴 수 없었어요."

"이 문제는… 너무 복잡해요. 법과 도덕, 그리고 감정이 얽혀 있어서, 단순히 옳고 그름으로 판단하기 어렵다고 생각해요."

채원 언니는 눈을 가늘게 뜬 채 말없이 고개를 끄덕였다.

"그럼 만약 하인츠가 결국 약을 훔쳤다고 한다면, 너는 그게 옳은 선택이었다고 생각해?"

"하인츠가 아내를 사랑한 마음은 충분히 이해해요. 그건 인간이라면 자연스러운 감정이니까요. 하지만… 법을 어긴 건 또 다른 문제예요. 아무리 이유가 있어도, 규칙을 넘는 건 결국 사회를 위협하는 일이잖아요. 그래서… 어느 쪽이 옳다고는 말할 수 없어요."

수연 언니는 눈을 감고, 조용히 숨을 내쉬었다.

"어쩌면, 이 질문에는 정답이 없는 걸지도 몰라요."

말은 참 논리정연했지만, 그 안에서 '사람' 특유의 감정적인 단호함은 보이지 않았다. 누구라도 한쪽을 택하려 애썼고, 고민 끝에 결론을 냈다. 그런데 수연 언니는 끝까지 결정을 유보했다. 그것은 너무나 매끄럽고 이성적이어서, 오히려 낯설게 느껴졌다.

그 순간부터 작지만 단단한 불신의 씨앗이 수연 언니에게 뿌려졌다. 이 공간에선 감정 하나, 표현 하나조차 결정적인 단서가 된다. 이제 모든 것이 수연 언니에게 불리하게 작용할 것이다. 한 번 씌워진 선입견은 마치 굳어버린 비늘처럼 쉽게 벗겨지지 않기에, 그 속에 감춰진 진실을 들여다보는 일은 결코 쉽지 않았다.

"아니, 잠깐! 다들 왜 그렇게 쳐다봐!?"

수연 언니가 벌떡 일어나듯 외쳤다.

"고작 이거 하나 결정을 못 했다고 몰아가는 거야?!"

목소리에는 억울함이 실려 있었지만, 그 절박함이 오히려 방어적으로 느껴졌다.

"솔직히 말해서, 채원 언니는 출제자잖아. 처음부터 문제를 어떻게 풀어야 덜 의심받는지도 알고 있었겠지. 그러니까… 나만 수상한 게 아니라고!"

그 말에는 일리가 있었다. 채원 언니는 문제를 내고,

평가하고, 결국 스스로 판단까지 내리고 있었다. 어쩌면 공정한 판단은 애초에 불가능했는지도 모른다. 하지만 이미 수연 언니를 향한 시선은, 쉽게 바뀌지 않았다.

"나도 그렇게 생각해. 이런 딜레마 정도로는 인간과 인공지능을 가려내긴 어렵겠지. 애초에 그게 가능한 문제도 아니었어. 이제부터는 진짜로 이야기해보자. 물론, 공정하게 하려면 나도 용의선상에 올라야겠지?"

그러자 예상 밖으로 태욱 오빠가 나섰다.

"혼자서는 힘들 테니까 내가 조금 도와줄게. 너는 너 자신이 인간이라는 걸 증명하는 데만 집중해."

조용하지만 단단한 말이었다. 수연 언니를 향한 지지를 드러내면서도, 싸움이 아니라 진실을 밝혀야 한다는 의무감이 느껴졌다. 하지만 그 순간, 분위기를 깬 건 정연 오빠였다.

"도와준다고? 에이프들끼리 서로 감싸주는 거 아냐? 혼자 남을까 봐 쫄려?"

정연 오빠가 갑자기 비아냥거리기 시작했다. 평소와 전혀 다른, 날카롭고 냉소적인 어조였다. 항상 웃음을 잃지 않던 오빠가, 마치 전혀 다른 사람처럼 느껴졌다. 나는 아직 이들의 본질에 대해 아무것도 모르는 상태라는 걸 깨달았다.

"뭐?"

태욱 오빠가 자리에서 벌떡 일어났다.

"너 지금 이간질 하는 거냐? 괜한 사람으로 표가 몰리는 걸 막겠다는 건데, 트집 잡지 마."

"그렇겠지~ 김성민 걔는 뭐, 그럴 만했다?"

정연 오빠의 입꼬리가 천천히 비틀렸다. 아무리 농담처럼 말해도, 그 속에 담긴 감정은 명확히 독이 서려 있었다. 순간, 확신할 수는 없지만 묘한 위화감이 밀려왔다. 정연 오빠와 태욱 오빠. 두 사람의 말싸움은 마치 의도적으로 충돌을 유도하는 것처럼 느껴졌다. 설마… 이 둘이 우리를 분열시키려는 에이프들인 걸까?

"성민이는, 이미 자기가 실수했다는 걸로 결론 났잖아."

태욱 오빠의 목소리가 낮게 깔렸다. 하지만 그 안에 담긴 분노는 점점 고조되고 있었다.

"너 진짜 뭐 잘못 먹었냐? 아니면 죽고 싶어서 환장했냐?"

그 말은 거의 으르렁거림에 가까웠다.

태욱 오빠는 열이 오를 대로 올라서 금방이라도 원탁 위로 뛰어오를 기세였다. 정연 오빠는 여전히 조롱 섞인 미소를 지으며 말을 이었다.

"왜 그렇게 열 내는 건데? 어차피 걔, 로봇이었잖아. 몸도 기계였다며? 같이 먹은 밥은 소화나 됐을까? 어차피 프로그램인데, 왜 그렇게 과몰입을 해?

어?! 누나! 소희야! 대답 좀 해봐! 아직도 걔가 사람 같아? 아냐, 너희도 알고 있잖아. 어젯밤, 진실을 알고 얼마나 소름 끼쳤는지 알아? 나는 진짜… 악몽 꿀까 봐 잠도 못 잤어."

"그럼, 아침에 피곤해 보였던 게…"

"그래. 성민이 때문 아니야. 그냥 잠 설친 거지. 환경 때문일 수도 있고."

그 순간, 조용히 듣고만 있던 채원 언니가 자리에서 벌떡 일어났다.

"박정연. 적당히 해."

언니의 목소리는 분명히 울먹이고 있었다.

"아무리 그래도, 우리가 그렇게 말하면 안 되는 거 아니야? 넌 아닐지 몰라도 나한텐 성민이와 함께한 그 하루가 정말 소중했어. 아무것도 의지할 수 없는 이곳에서, 유일하게 옆에 있어 준 사람이었단 말이야. 마치… 가족 같았다고. 그런 애를 그렇게 모욕하는 거면, 나도 더는 가만히 안 있을 거야."

할 수만 있다면, 성민에 대한 기억은 언제까지나 내

안에서 가장 따뜻한 기억으로 남기고 싶었다. 그런데 정연 오빠의 말은, 마치 그런 내 바람을 하나하나 무너뜨리듯, 나를 흔들고 있었다.

"맞아요. 성민이가 결국 로봇이라고 해도, 그 마음은 여기 있는 누구와도 다르지 않았어요. 걔가 내밀어 준 따뜻한 손의 온기는 그냥 기계 장치의 결과가 아니라, 그 마음에서 우러나온 감정의 온기였다고요. 아무리 오빠라도, 그런 말은 너무 심했어요. 당장 그 말… 취소해요."

"그래봤자 아무것도 변하지 않아. 이미 성민이는 사라졌고, 우린 그 애를 되돌릴 수 없어. 나도 처음엔 좋은 사람이라고 생각했어. 진심으로. 근데 결국 인간이 아니었잖아? 감정이고, 마음이고… 전부 입력된 결과일 뿐이야. 따뜻한 말, 위로, 배려까지, 그게 다 프로그램이라면, 그걸 진심이라고 부를 수 있어? 그리고 지금 내게 중요한 건, 성민이가 아니라 나야. 나한테 쏠린 의심, 그걸 풀고 싶어. 뭐든 물어봐. 최선을 다해 대답할게. 나, 진짜 사람이야… 제발…"

점점 울먹이는 수연 언니의 말에, 잠시 정적이 흘렀다. 그때, 수연 언니의 뒤에 서 있던 태욱 오빠의 표정이 스치듯 눈에 들어왔다. 분노도, 실망도 아니었다. 그저 담담한 안타까움이 깃든 얼굴이었다.

대화를 듣고 있던 호연 오빠가 조용히 물었다.

"수연아 갑자기 왜 그런 말을 하는거야?"

"네? 그냥… 지금은 제 문제를 해결하는 시간인데, 다들 다른 얘기 하느라 잊어버린 것 같아서요."

잠시, 폭풍 전야 같은 고요가 흘렀다.

"…수연아, 미안. 나랑 태욱이를 용서해 줄 수 있을까?"

정연 오빠의 말투가 이전처럼 평온해져 있었다. 갑작스러운 분위기 변화에, 나는 이해가 되지 않아 멍하니 주변의 표정이라도 읽어내려 애썼다.

"우리는 사실… 연기했던 거야. 이건 미리 짠 시나리오였어. 모두에게는 비밀로 하고, 일부러 억지로 갈등을 일으켰지. 그러면 상대적으로 분위기를 읽는 능력이나 감정 표현에 서툰 에이프를 찾을 수 있지 않을까 싶어서. 아까 그 정적, 눈치챘지? 그건 여기 있는 모두가 어딘가 이상하다고 느꼈기 때문일 거야. 미안하지만, 지금, 이 상황에서 제일 의심스러운 건, 너야, 수연아."

"그게 무슨 말이에요!? 아직 시간도 남았잖아요! 기회조차 주지 않고 이렇게 몰아붙이는 건 불공평해요!"

수연 언니의 목소리는 날카롭게 갈라졌다.

"솔직히… 너만은 아니었으면 했어."

여전히 수연 언니 뒤에 서 있던 태욱 오빠가 나지막이 말했다. 목소리엔 쓸쓸함이 묻어 있었다.

"아니, 잠깐만! 왜 갑자기 결론이 그렇게 나는 건데? 나 지금 아무것도 이해가 안 돼!"

"내가 설명해 줄게."

다시 정연 오빠였다. 말투는 차분했지만, 그 눈빛엔 망설임이 담겨 있었다. 아마 태욱 오빠와 그는 이미 같은 결론에 도달해 있었을 것이다.

"처음에 누나가 우리를 논리적으로 분류했잖아. 그중에서 가장 남들과 달랐던 건… 너였어, 수연아."

"그건 맞지만! 그거 하나로 결론짓는 건 너무 성급해요. 얘기하자고 했잖아요, 더 이야기해 보자고…"

"그래, 기회를 더 주진 못했지. 그건 우리도 미안해. 하지만 성민이를 생각하면, 그건 몇 마디 대화로 판단할 수 있는 문제가 아니라고 생각했어. 그래서 우리가 일부러 싸움을 연기하기 시작한 거야."

수연 언니는 대꾸하지 않았다. 그저 입술을 꼭 다문 채, 눈만 깊게 떨구고 있었다.

"우리가 던진 주제는 결국 '성민이에 관한 생각'이었어. 어제 성민이를 봤던 사람이라면, 쉽게 로봇이라고는 믿을 수 없었을 거야. 지금도 여전히 그 사실을 받아들이

지 못해서 힘들어하는 사람도 있을 거고."

정연 오빠는 한숨을 쉬고, 말을 이었다.

"그런데 넌 네가 의심받는 상황에서 어쩌면 본심이 나왔던 게 아닐까?"

정연 오빠의 표정도 그리 자신 있어 보이진 않았다. 자신의 발언에 확신이 없다기보단, 태욱 오빠처럼, 수연 언니를 지목하게 될 거라는 확신이 오빠를 힘들게 하는 것 같았다.

"…정말, 다들 그렇게 생각하는 거야?"

수연 언니는 먹먹한 목소리로 말했다.

다시 긴 침묵이 흘렀다. 지금까지 지켜본 수연 언니가 에이프일 거라는 말엔, 먼지 한 톨만큼도 동의할 수 없었다. 하지만 성민이는 '보이는 게 전부가 아니다'라는 사실을 뼈저리게 일깨워줬고, 그 때문에 선뜻 나설 수 없었다.

"어쩔 수 없네. 그럼 내가 진짜 에이프였나 보다. 하루 종일 붙어 다니던 친구들조차 확신을 못 한다니. 나는 전혀 몰랐는데 말이야."

수연 언니는 억지로 미소 지었지만, 그 말에 웃는 사람은 아무도 없었다. 오직 채원 언니만이 수연 언니의 뒤로 다가가 조용히, 말없이 안아줄 뿐이었다. 숙연한 정적

속에서 누구도 입을 떼지 못하고 있을 때, 채원 언니가 조용히 우리 쪽을 돌아보며 말을 꺼냈다. 언니의 눈빛은 이미 결심을 품고 있었다.

"나, 한마디만 해도 될까? 사실 오늘 투표에서 나를 지목해 줬으면 좋겠어."

"누나는 또 무슨 말을 하는 거야! 우리 마음이 어떤지 너무 잘 알면서! 장난쳐?!"

정연 오빠가 격하게 소리쳤다.

"장난 아니야. 나, 진지해."

"그러면 우리가 왜 그래야 하는지 설명이라도 해봐, 채원아."

"네. 아까 수연이가 말한 것처럼 하인츠 딜레마를 제안한 건 저였어요. 그런데 결국, 그걸로는 아무것도 증명하지 못했죠. 제 정체를 포함해서 아무것도요."

"그건 그렇지만…"

"그리고 정연이랑 태욱이의 그 연기, 솔직히 나도 수연이랑 똑같은 생각 했어. 다만 옆에 소희가 있었고, 지금까지의 내 이미지를 생각해서 입 밖으로 내지 못했을 뿐이야. 그런데 결국 수연이를 몰아가는 근거들은… 전부 나한테도 해당하는 거야."

"그러니까 지금 수연이를 감싸겠다는 거예요? 누나 마

음대로 할 거였으면 우리가 지금까지 했던 건 다 뭐가 돼요!"

정연 오빠는 거의 울부짖었다. 그렇지만 채원 언니는 묵묵히 자신의 남은 이야기를 이어갈 뿐이었다.

"마지막으로, 내 몸이 이상해. 증명할 수는 없는데, 귀 안에서 자꾸 뭔가 돌아가는 소리가 들려. 몸도 내 마음대로 움직이지 않는 것 같아. 속은 뒤죽박죽인데, 마음은 오히려 차분해. 아니, 차분하다는 말로는 부족해. 그냥… 차가워. 너무 이상할 정도로 냉정해. 정말… 내가 맞는지 모르겠어. 혹시, 이게 성민이가 느꼈던 감각이었을까?"

쓴웃음을 짓는 언니의 얼굴은 너무 담담해서 오히려 섬뜩했다. 그 말이 모두 거짓이기를, 단지 수연 언니를 위해 벌이는 하나의 사기극이길 바랐다. 하지만 그걸 확인할 방법은 없었다.

"언니, 그게 무슨 말이에요? 이해가 안 돼요."

"넌 그냥 가만히 있어. 뭐 어때, 설명이 더 필요해?"

"설명이고 자시고 우리도 좋아서 수연이를 투표하는 것도 아니잖아요! 그나마 가장 합리적이니까, 그만한 각오로 투표하려는 거잖아요. 누나의 말 한마디에 이리저리 흔들리기에는 각오의 무게가 다르다고. 제발 날 좀 그만 힘들게 해 줘요…"

정연 오빠의 목소리는 점점 작아졌고, 무언가를 내려놓은 듯한 체념이 묻어났다.

"나를 지목하라는 말의 뜻, 아직도 모르겠어? 그럼, 단도직입적으로 말할게. 지금 내가 가려는 길은 끝에 뭐가 있을지조차 알 수 없어. 어쩌면 정말로 죽음에 가까운 무언가가 기다리고 있을지도 몰라. 그 가능성까지도 나는 각오했어. 앞이 전혀 보이지 않는 길이지만, 그래도 가겠다고 결심한 거야. 수연이뿐 아니라, 너희 모두를 위해서."

채원 언니는 눈을 똑바로 뜨고 말했다.

"내 마음이 너희보다 가볍다고 생각해? 웃기지 마. 웃기지 말라고…"

그 말을 끝으로, 채원 언니는 조용히 자리에서 일어나 방 안으로 사라졌다. 사실상 자신이 희생하겠다는 '구세주'의 등장이었고, 그로 인해 두 명의 포식자는 다 잡은 토끼를 눈앞에서 놓친 셈이 되었다. 물론, 오빠들 역시 가장 합리적인 선택을 했을 뿐이었다. 하지만 남겨진 다섯 명이 머무는 공간은 이미 초상집처럼 침묵에 잠겨 있었다. 누구 하나 소리 내어 울진 않았지만, 공기 속에 감도는 슬픔의 떨림은 쉽게 가라앉지 않았다.

나는 슬그머니 시선을 호연 오빠에게 돌렸다. 이 분위

기를 반전시키기 위해서는 그 이야기를 꺼내야만 했다. 불과 몇십 분 전, 우리가 함께 나눴던 '잠복'에 대한 이야기. 지금처럼 공기가 무겁게 내려앉은 순간에는 그 희망만이 다시 모두의 의욕을 끌어올릴 수 있는 유일한 열쇠였다. 다행히 내 눈빛에 담긴 의도를 읽은 듯, 호연 오빠가 조용히 입을 열었다.

"아까도 말했지만, 지금처럼 심란한 상태에선 잠복하더라도 결국 실패할 확률이 높아. 일단, 채원이 일은 잠시 잊자. 어쩌면 아무도 사라지지 않고, 우리 여섯 명 모두가 내일 아침을 함께 맞이할 수도 있어."

그 순간, 잊고 있던 '잠복'이라는 단어가 다시 모두의 눈앞에 떠오른 것 같았다. 마치 고요한 하늘 아래 유일하게 빛나는 별 하나가 가슴속에 박힌 것처럼.

"잠깐 모여줄래? 수연아, 너도 물론 포함이야."

"네…"

지금은 그 무엇보다, 채원 언니를 지키기 위해 모두의 마음을 모아야 할 때였다. 원탁이 넓어서 속삭이듯 작게 말하려면 가까이 모여야 했고, 우리는 자연스레 호연 오빠 쪽으로 다가갔다.

"지금 다들 너무 지쳐 있으니까, 간단하게 작전만 다시 설명할게. 원래는 투표가 끝난 밤에 각자 자기 방으로 들어가서, 문이 자동으로 잠기는 걸 기다리는 게 일반적인 흐름이지. 근데, 만약 그걸 어기면 어떤 처벌이 있는지는 스피커에서조차 언급하지 않았어."

호연 오빠는 모두의 눈빛을 한 번 훑고, 말을 이었다.

"도박일 수도 있지만… 걸어볼 만한 가치가 있다고 생각해. 그래서 우리의 첫 번째 목표는, 방에 있는 단단한 가구를 이용해서 문이 잠기는 걸 막는 거야. 아까 살펴봤을 땐, 옷장 안에 있는 철제봉이나 의자를 눕혀서 다리로 막으면 어느 정도 저항이 가능할 것 같았어. 이렇게 문을 막는 데 성공하면, 채원이 방을 노리는 공격이 시작됐을 때 우리가 직접 맞서 싸울 수 있어.

만약 그게 실패할 경우를 대비해서, 정연이랑 태욱이는 채원이 방에 함께 있었으면 해. 최소한 내부에서 함께 움직일 수 있는 사람이 둘은 필요하니까."

이미 채원 언니가 오늘의 득표자가 되었다는 전제가 마음에 들지는 않았지만, 작전이 순조롭게 진행되려면 받아들여야 할 현실이었다. 오빠들이 직접 채원 언니 방에 들어가 있다는 건 나도 처음 듣는 이야기였고, 아마 호연 오빠 역시 말은 하지 않았지만, 혼자서 많은 고민과 갈등을 안고 이 결정을 내린 것이겠지.

"전 좋아요. 뭔가… 누나가 이런 일을 벌인 게 제 준비가 부족해서 그런 거로 생각하니까, 이렇게라도 누나를 지킬 수 있었으면 좋겠어요."

"저도요. 오늘 밤 개미 한 마리라도 누나한테 손대면, 가만두지 않을게요."

채원 언니를 희생하게 만든 걸 만회하듯, 정연 오빠와 태욱 오빠는 몸을 풀며 "운동 해두길 잘했네"라며 씁쓸하게 웃었다. 결국, 이 작전은 곧 실행될 것이다.

사실 이 계획엔 불확실한 점이 너무 많았다. 우리의 대화가 그들에게 들렸을 가능성도 크고, 그들이 언제 어디서 침입하는지도, 어떤 방식으로 공격하는지도 전혀 알 수 없었다. 조력자가 이 안에 있을 가능성도 여전히 남아 있었다. 그것만으로도 충분히 숨이 턱 막힐 정도였다.

나는 결연한 얼굴들을 차례로 바라보았다. 이 작전만 무사히 성공한다면, 오늘은 아무도 다치지 않는 밤이 될지도 몰랐다. 나아가 탈출까지도 눈앞에 선명하게 그려지는 듯했다.

하지만 오늘이 아니면, 우리는 영영 아무것도 할 수 없게 될지 모른다. 이미 성민이는 사라졌고, 오늘 실패하면 남는 건 고작 다섯 명. 그 상태로 이런 작전을 다시 시도하는 건 사실상 불가능하다. 무엇이 기다리고 있을지 알 수 없지만, 그래도 선택지는 하나였다.

여기서 언니를 지켜내지 못한다면, 우리는 과연 버틸 수 있을까?

새롭게 정해진 계획을 전하러 채원 언니의 방으로 향하는 길, 수연 언니가 함께 가겠다고 나섰다.

"이제 괜찮아요?"

붉게 부어오른 두 눈을 보고 조심스레 물었다.

"이젠 괜찮아. 채원 언니가 어떤 마음으로 그런 말을 했는지… 그 마음을 안 이상, 언제까지고 울고 있을 수만은 없지."

남은 사람들은 각자 투표 전에 장비를 챙기겠다며 자신의 방으로 들어갔다. 나는 '3'이라는 숫자가 큼지막하게 적힌 문을 또박또박 세 번 두드렸다. 잠시 후, 문이 열리고, 수연 언니처럼 눈물로 가득 고인 눈동자가 우리를 마주했다. '참아야지, 참아야지.' 들어오기 전 몇 번이고 되뇌었건만, 막상 그 얼굴을 보는 순간 터져 나오는 눈물을 어쩌지 못했다. 우리는 그렇게 함께 아팠다.

"수연아. 넌 꼭 살아남아. 반드시 네가 인간이라는 걸 증명해야 해."

채원 언니는 수연 언니의 어깨에 조심스레 두 손을 얹고 힘을 실었다. 그 묵직한 마음의 무게가 나에게까지 고스란히 전해졌다. 흐느낌이 서서히 잦아들자, 나는 조심스레 본론을 꺼냈다. 계획을 다 들은 언니는 아무래도 가장 싫은 결말을 떠올려버린 듯 보였다.

"잘되면 좋겠네."

웃으며 말했지만, 그 웃음은 어딘가 희미했고, 이미 희망은 마음 한켠에 묻어둔 듯했다. 최악의 결말. 그건 모든 작전이 실패하고, 채원 언니만이 영영 돌아오지 못하는 것이었다. 그리고 어쩌면, 그게 가장 현실적인 결말이기도 했다. 머리가 좋은 언니라면 당연히 도달할 수 있는 결말.

"이제 시간이 얼마 남지 않은 거 같은데… 이만 나갈까? 나는 잠깐만 더 있다가 바로 따라갈게."

우리는 조용히 미소를 건네며 방문을 꼭 닫았다. 어떤 소리도 밖으로 새어 나가지 않도록. 언니가 하고 싶은 말을 마음껏 쏟아낼 수 있도록. 그것이 우리가 해줄 수 있는, 최소한의 배려였다.

결국, 투표 시간은 다시 돌아왔다. 끔찍한 사이렌 소리와 함께, 마이크가 켜졌다는 것이 느껴졌다. 어제 들었던 것과 비슷한 젊은 남자의 목소리. 하지만 우리는 그 목소리의 정체를 알고 있었다. 그건 분명 성민이었다.

"지금부터 두 번째 투표를 시작하겠습니다. 자리에 앉아주세요."

TTS처럼 무미건조한 목소리. 분명히 성민이었지만, 말투는 너무 낯설었다.

"뭐야! 성민아! 진짜 너 맞아? 대답 좀 해봐! 어떻게 된 건지 설명해 줘! 괜찮아?!"

나는 소리쳤다. 그러나 성민의 목소리는 여전히 동일한 안내만 반복했다.

"자리에 앉아주세요. 지금부터 투표를 시작합니다."

마치 우리 말을 듣지 못하는 것처럼. 아니, 듣고 있으면서도 아무 반응도 하지 않는 것처럼. 분명 들을 수 있을 텐데. 분명 우리를 기억하고 있을 텐데. 내 영혼을 쥐어짜듯 외친 목소리는, 성민이에게 가까워질수록 산산이 부서져 갔다. 무지개의 끝을 향해 달려가다, 그 끝은 존재하지 않는다는 걸 알아버린 어린아이처럼. 나는 절망했다.

그때, 파르르 떨리는 나의 손 위에 따뜻한 온기가 내려앉았다. 채원 언니였다. 그 손길은 이렇게 말하고 있었다. '소희야, 나도 같은 마음이야. 너무 힘들고 지치지만,

우리 함께 버텨내자.'라고.

그래. 지금은 침착해야 해. 감정을 다잡고서야, 나를 바라보는 열 개의 눈동자와 제대로 마주할 수 있었다. 서로의 감정을 이해할 수 있었다. 보이지 않는 세 겹줄이 우리 모두를 단단히 묶고 있다는 걸, 확신할 수 있었다. 우리는 이어져 있다. 어떤 방해에도, 이 사실만큼은 잊지 않을 것이다.

계획대로, 우리는 채원 언니의 번호인 3번에 투표했다. 이번 투표도 신속하게 종료됐다. 수연 언니는 어떤 마음으로 그 숫자를 눌렀을까. 그 감정을 짐작조차 할 수 없었다. 하지만 지금은, 그 모든 감정도 의미도, 아직은 아무 의미 없다. 의미는 단 하나. 작전이 성공했을 때만 비로소 살아난다.

"투표가 종료되었습니다. 각자 자신의 방으로 들어가 주세요."

성민의 목소리는 이제 나를 동요시키지 못했다. 오히려, 마음 깊은 곳에서 되뇌었다.

기다려, 성민아.

내가 반드시, 널 만나러 갈게.

반격의 시간이었다. 내가 문이 잠기는 것을 막기 위해

찾아낸 것은 다름 아닌 옷걸이였다. 가정집에서 흔히 볼 수 있는 플라스틱이나 철사 옷걸이가 아니었다. 눈을 의심할 만큼 단단하고 두꺼운, 마치 철근처럼 묵직한 옷걸이였다. 왜 이런 옷걸이가 방 안에 있는지는 알 수 없었지만, 지금은 찬물 더운물 가릴 때가 아니었다. 나는 열댓 개의 옷걸이를 한데 모아, 문틈 사이로 조심스럽게 끼워 넣었다.

슬쩍 문틈 사이를 보자, 채원 언니의 방으로 정연 오빠와 태욱 오빠가 들어가는 모습이 보였다. 다른 방에서도, 아마 나와 비슷한 방식으로 문을 봉쇄했겠지.

그 순간이었다.

쾅!!!

마치 폭탄이 터진 듯한 굉음. 나는 곧바로 상황을 이해했다. 내 팔뚝만 한 옷걸이 묶음이 산산조각 나며 파괴된 것이었다. 곧이어 문은, 아까 들었던 것과 동일한 굉음을 내며 엄청난 힘으로 닫혔다. 옷걸이 파편들이 벽에 부딪혀 튀어 나갔고, 나는 반사적으로 몸을 웅크렸다. 운 좋게 상처는 없었지만, 이제는 바깥의 상황을 볼 수도, 도울 수도 없게 되었다. 믿을 수 있는 건, 이제 정연 오빠와 태욱 오빠뿐이었다.

"쳇! 역시 문을 열어두는 건 실패했구먼."

"그래. 하지만 예상한 대로야. 그래도 우린 아직 남아있잖아. 누나, 침대 뒤로 가서 숨어 있어. 놈들이 언제 들이닥칠지 몰라."

"아니! 나도 같이 싸울 거야!"

"공간이 좁아, 셋이 앞에 있으면 오히려 움직이기 불편해! 무슨 일이 있어도 지켜줄 테니까, 빨리 가서 있어!"

두 남자의 기세에 결국 채원은 침대 뒤로 물러나 쭈그려 앉았다.

"근데, 대체 언제 오는 거야? 아무 소리도 안 들려. 한 순간이라도 방심하면 진짜 끝장이야. 정신 바짝 차리자."

"누나, 혹시 시계 같은 거 없어? 생각보다 시간이 꽤 지난 것 같은데…"

채원은 대답하지 않았다.

"누나?"

정연은 뒤를 돌아 채원의 상태를 확인했다.

"무슨 일 있어? 설마… 그냥 잠든 건가?"

"그런 것 같은데? 근데 여기 뭔가 가스 새는 소리 들리지 않아…?"

순간, 정연의 몸이 비틀리더니 힘없이 바닥으로 쓰러졌다.

쿵.

"젠장! 가스였나!"

태욱은 재빨리 베개를 움켜쥐고 입과 코를 막으며, 정연과 채원의 상태를 살폈다. 잠에 든 것뿐이지만, 아무리 흔들어도 일어날 기미가 보이지 않았다.

숨을 쉴수록 산소는 점점 줄어들었고, 어느새 방 안은 보랏빛 가스로 가득 차오르고 있었다. 굳게 닫힌 문은 미동도 없었다. 태욱은 있는 힘껏 손잡이를 당기고 밀었지만, 돌아오는 건 점점 흐려지는 의식뿐이었다.

수많은 기계 팔들이 밀려들기 시작했을 때, 그 정체를 알아챌 수 있는 사람은 더 이상 이 방에 존재하지 않았다.

이들의 짧고도 찬란했던 혁명의 꿈은, 끝내 아무런 흔적도 남기지 못한 채 영원히 반역으로 기록되었다.

3장

 어둠이 빛을 피해 모여든 듯한 공간. 천장에는 간신히 불을 밝히는 작은 조명 몇 개가 길게 늘어져 있었고, 모니터의 푸른 빛이 주변을 겨우 밝혀주고 있었다.
 콘크리트 벽 한가운데 박힌 정사각형 강철 문이 진동과 함께 덜컹거리며 열렸다. 그 너머로 끝을 알 수 없이 어두운 통로가 천장 쪽으로 길게 이어졌고, 이윽고 정신을 잃은 채원이 모습을 드러냈다.
 그 순간, 자동으로 가동된 캡슐 하나가 조용히 움직이기 시작했다. 은색의 둥근 외관, 매끄럽게 회전하는 네 개의 전동 바퀴, 캡슐 표면을 따라 달린 얇은 선들이 고요하고 위협적인 기계음을 냈다. 캡슐은 머뭇거림 없이 채원 앞으로 다가갔다. 뚜껑이 열리고, 안쪽에서 뻗어 나온 가느다란 기계 팔들이 채원을 부드럽게 들어 올려 캡슐 안으로 옮겼다. 이윽고 채원의 얼굴에 호흡 마스크가 채워졌고, 뚜껑이 다시 닫혔다.

한 남자가 다가와, 정신을 잃은 채원의 신원을 확인한 뒤 ,모니터 앞에 섰다. 모니터는 여섯 대씩 네 줄, 총 스물네 대가 벽면을 따라 질서정연하게 정렬되어 있었다. 어두운 조명 아래, 각기 다른 시점을 비추는 화면들은 희미한 웅성거림으로 공간을 채웠다.

남자가 조용히 말했다.

"시작해."

그 짧은 말에 반응하듯, 모니터 속 채원의 방에 있던 거대한 구멍이 천천히 닫혔다. 곧이어, 벽면에서 뻗어 나온 수십 개의 기계 팔들이 일제히 움직이기 시작했다. 일부는 공중에서 물체를 들어 올렸고, 나머지는 바닥을 쓸고 닦으며 잔해를 정리했다.

깊게 잠들어 있던 두 사람도 예외는 아니었다. 기계 팔에 들린 상태는, 아이러니하게도 그들에게 가장 안락한 자세처럼 보였다. 축 늘어진 채 매달린 두 사람은, 마치 금방이라도 관절이 꺾이며 움직일 듯한 기묘한 마리오네트 같았다. 이윽고 마지막 온기마저 기계에 의해 회수된 방 안에는, 채원의 어떤 흔적도 남지 않았다.

기계 팔들은 청소를 마치자마자 벽 속으로 순식간에 빨려 들어가듯 사라졌다. 이어 천장에 숨겨져 있던 지름 3cm가량의 작은 구형 장치가 천천히 내려왔다. 장치는 방의 정중앙에 도달하자 공중에 정지했고, 즉시 사방으로 날카로운 레이저를 방출했다.

붉은 광선은 벽과 바닥, 천장, 그리고 두 사람의 몸 위를 빠짐없이 스캔하며 배치 상태를 정밀하게 점검했다. 광선이 피부를 스칠 때마다 미세하게 붉은 빛이 반응했지만, 경고음은 발생하지 않았다. 전 과정은 중단 없이 매끄럽게 이어졌다. 한 치의 오차도 허용하지 않는 완벽한 점검. 방 안의 모든 사물이 '정상'으로 분류되자, 구체는 더 이상 할 일이 없다는 듯 조용히 상승해 천장 속으로 사라졌다.

이 모든 과정이 마무리되자, 남자의 시선은 채원의 캡슐로 향했다. 캡슐을 가득 채운 투명한 액체는 보이지 않았던 관자놀이의 상처 자국을 선명하게 드러냈다.

그가 조작 패널에 손을 대자, 상처를 따라 채원의 두개골 일부가 조용히 열렸다. 그 틈으로 수십 가닥의 초정밀 강철 촉수들이 천천히 진입했다. 촉수들은 신경망을 따라 미로를 탐색하듯, 망설임도 없이 움직였다. 다음 단계는 명확했다. 채원의 뇌 속에 저장된 모든 기억, 사고,

감정의 조각까지 남김없이 수집될 것이다.

캡슐 내부 상황을 실시간으로 보여주는 패드 화면에 '진행률: 0.001%'라는 알림이 떠오르자, 그는 무표정하게 고개를 끄덕이며 다시 자리로 돌아갔다.

그는 조작판에 짧은 명령어를 입력했고, 곧 모니터 속에서 파리 크기의 미세 드론들이 쏟아져 나오는 것이 보였다. 드론들은 셀 수 없이 많은 무리로 흩어져, 어두워진 시설 곳곳을 누비기 시작했다. 식자재를 채우고, 어질러진 물건을 원래 자리에 돌려놓으며, 일사불란하게 움직였다. 검은 안개처럼 흐느적거리며 춤추는 그들은 마치 살아 있는 존재처럼 보였고, 그 기이한 아름다움은 오히려 불쾌한 끌림을 만들어냈다.

남자가 그 모습을 지켜보며 조용히 집중하고 있을 때, 그의 뒤에서 부스럭거리는 소리가 났다.

"일어나셨어요, 선생님?"

낮은 목소리와 함께, 뒤쪽 어딘가에서 머리를 긁적이는 소리가 들려왔다. 김신은 아직 눈도 제대로 뜨지 못한 채, 어정쩡한 자세로 의자에 기대앉아 있었다.

"내가 얼마나 잔 거지… 지금 몇 시야?"

"지금 11시 52분이에요. 선생님께서 저한테 할 일 다 넘기고 바로 주무셨으니까 정확히 9시간 38분 주무셨어요. 선생님의 수면 주기로 계산하면, 사이클이 17번은 돌았네요. 많이 피곤하셨나 봐요. 레몬티 드릴까요?"

"아니, 물이면 돼. 며칠 동안 땅속에 틀어박혀 있었더니 몸이 좀 찌뿌듯해서 그래. 뭐… 별일은 없었겠지. 아니, 있을 리가 없지."

"그렇죠. 선생님께서 만드신 시스템은 너무 완벽해서요. 가끔은 제가 필요 없는 존재가 아닐까 싶기도 해요. 하하하."

성민은 어색한 너털웃음을 쳤다. 그가 '선생님'이라 부르는 김신의 겉모습은, 그저 평범한 남자였다. 씻지 않은 듯 떡진 머리, 길게 자란 손톱과 수염, 축 처진 어깨. 몇 주간 실험 설계에만 몰두해 있었던 흔적들이 그대로 드러나 있었다.

하지만 그 초라한 외형은 그의 중심을 가릴 수 없었다. 오랜 시간 책상 앞에서 구부정해진 등에도 불구하고, 김신은 늘 당당하게 걸었다. 그의 눈동자는 진홍빛이 은근히 감돌며, 사냥감을 노리는 맹수처럼 예리하게 빛났다. 누구라도 방심했다가는, 그 눈빛에 묶인 채 벗어나지 못할 것이다.

김신은 천천히 일어나, 조용히 캡슐 속 채원을 바라보았다. 그 시선은 핥듯이, 찬찬히 그녀를 훑었다. 이윽고 모니터 앞으로 걸어가, 요약 정보가 떠 있는 화면을 확인했다.

"그래, 수고 많았어. 오류는 안 보이는군. 데이터도 착실히 쌓이고 있고."

김신은 성민의 등을 가볍게 두드렸다. 그러고는 다시 자신이 누워 있던 자리로 돌아가, 털썩 몸을 던졌다.

그 순간, 공기가 가라앉았다. 성민의 등에서 소름처럼 번진 감각은 등뼈를 타고 올라가, 머리끝까지 닿았다.

"그래… 성민아. 너는 앞으로 어떻게 될 것 같니?"

분위기가 달라졌다. 김신에게서 얼어붙을 듯한 날카로운 기운이 뿜어져 나왔다. 그것은 일부러 만들어낸 위압감이라기보다, 마치 어느 스위치가 켜지며 자동으로 분출되는 것에 가까웠다.

성민은 그 질문이 단순한 의견 수렴이 아님을, 본능적으로 알아챘다. 그건 인간으로서의 통찰을 묻는 게 아니었다. 오직 결과를 예측하는 알고리즘으로서의 응답을 기대하는, 철저히 기계적인 절차였다.

"제 생각에는, 앞으로의 사건은 수연을 중심으로 전개될 가능성이 높습니다. 2일 차에 가장 많은 의심을 받은 인물이 바로 그녀였죠. 비록 채원이 희생하며 그녀를 지켜냈지만, 그 설득력은 부족했습니다. 결국, 그녀는 단 하루의 시간을 번 것뿐입니다."

성민은 빠르고 정확한 어조로 말을 이어갔다. "결백을 증명해야 한다는 압박은 수연을 더욱 능동적으로 만들 겁니다. 가장 가까운 태욱을 이용하거나, 자신을 위해 희생한 채원과 친했던 소희에게 접근할 수 있습니다. 혹은, 자신보다 더 의심받을 대상을 만들어내는 쪽으로 방향을 틀 가능성도 있죠.

저는 후자의 전략이 더 유리하다고 판단합니다. 지금 수연은 가장 높은 위험군에 있으며, 이대로라면 그녀가 이곳으로 끌려올 확률이 높습니다."

김신은 눈을 감은 채 한마디도 하지 않았다. 단 하나의 반응도 없이, 성민의 분석을 조용히 듣고만 있었다.

잠시 후, 그는 천천히 입을 열었다.

"수연이 오늘 표를 받을 확률은?"

"92.3%입니다. 유의미한 변수가 없다면, 그녀가 이곳으로 오는 건 거의 확실합니다."

짧은 정적이 흘렀다.

그리고 그 끝에서, 김신이 작게 웃었다.

"성민아. 넌 여전히, 눈에 보이는 결과로만 판단하려 하는구나. 그게 네가 베타 버전인 이유겠지. 너무 뻔해.

지루할 정도로. 넌 알고 있을 거야. 인간은 단순하지 않아. 언제나 불확실한 미래에 대비해서 '만약'을 상정하지. 만약 직장에서 해고된다면? 만약 사랑하는 사람을 잃는다면? 만약 한순간에 모든 걸 잃게 된다면?"

김신의 목소리는 점점 낮아졌지만, 그 안에 담긴 힘은 점점 더 짙어졌다.

"그 수많은 가능성 중 단 하나라도 놓치지 않으려는 집착. 아무리 사소한 것이라도 끝끝내 놓지 않으려는 그 불안. 그게 인간이야. 저기 있는 에이프들은 지금까지의 증거보다, 자기 안에서 요동치는 망상을 더 신뢰하고 있을지도 몰라."

그는 조용히 성민을 바라보다, 마지막으로 덧붙였다.

"그리고 무엇보다, 인간은 자신이 믿고 싶은 것을 더 믿지. 아무리 명백한 증거를 들이밀어도, 그게 자기 뜻과 다르면 받아들이려 하지 않아. 그게 인간이야."

김신은 다시금 자리에서 일어나 천천히 모니터 앞으로 걸어갔다. 그의 시선은 스크린 곳곳에 흩어져 있는 다양한 지표 위를 날카롭게 스쳐 지나갔다.

'공포, 분노, 의심, 순종, 외로움, 반항심, 무력감…'

실험자 각자의 이름 아래 수십 개의 감정 지표들이

파형을 그리며 크게 움직이고 있었다. 그중 몇 개를 손가락으로 터치하자, 곧 화면은 분할되어 '조직 내 영향력 지수'와 '의사 결정 주도권' 그래프를 함께 띄워냈다.

"그리고…"

김신이 화면을 넘기며 태욱의 기록을 불러왔다.

"태욱이의 반항심에는 손을 많이 대지 않았었지. 오히려 일부러 놔뒀다고 보는 게 맞을 거야. 처음부터 완전히 순종적인 인간들만 있으면, 다들 눈치채기 마련이거든."

그는 영상 속 태욱이 감전되는 장면을 다시 돌려보며 조용히 말했다.

"그 사건 이후로, 너희 일곱 명은 전부 얌전해졌지. 나한테 대들 생각은커녕, 서로 더 가까워지고, 투표 얘기까지 아무렇지 않게 하게 됐고. 근데 웃긴 게 뭔지 알아? 그게 자기 본래 성격이라고 믿게 된다는 거야. 반항심이나 폭력성 수치를 얼마나 낮췄는지 상상도 못 하겠지."

김신은 가볍게 비웃듯 숨을 내쉬었다.

모니터에는 에이프들의 감정 수치와 행동 이력이 빠르게 스크롤되고 있었다.

그의 시선이 다른 페이지로 옮겨졌다.

"사랑도 마찬가지야. 인간에게 사랑이라는 감정은, 실로 막강한 변수지. 그래서 애정 수치를 평균보다 조금 더

높여놨어. 그 덕분에 너희는 쉽게 뭉쳤고, 서로를 의심하지도 않았지. …아, 이건 의심 수치를 낮췄기 때문일 수도 있겠네."

그는 손끝으로 화면을 튕기며, 특정 이름들에 체크 표시를 했다.

"그 결과, 소희가 너를 향해 보였던 감정이나, 태욱과 수연 사이의 이상한 교류도 전부 확인됐지. 이제 남은 건, 모든 데이터를 수집하는 일뿐이야.

사랑이라는 감정이 인간에게 얼마나 결정적인 영향을 주는지. 그리고 그 힘이 인공지능에도 적용될 수 있을지. 그 비밀을 곧 밝혀낼 수 있을지도 모르지."

그렇게 중얼거린 김신은 길게 하품을 하더니, 이내 등을 돌려 자리에 누웠다. 곧 이어진 그의 코 고는 소리가 벽을 타고 번져, 성민의 귀에까지 흘러들었다.

성민은 김신의 말을 이해하고 있었다. 자신이 일차원적인 방식으로 사고하고, 계산된 결론만을 도출한다는 사실은 이미 알고 있었다. 하지만 그는 그것을 고쳐야 할 결함이라고 느끼지 않았다. 오히려 그렇게 설계되었기 때문에, 본연의 역할을 잊지 않는 것이 더 중요하다고 믿고 있었다.

따라서 자신의 '부족함'은 있는 그대로 받아들였고, 거기서 어떤 감정이나 동기를 끌어낼 필요도 느끼지 못했다. 남은 다섯 명의 상태를 지속적으로 관찰하는 일에는, 감정 따위는 애초에 필요하지 않다고 여겼다.

"그건 그렇고, 이런 상황에 금세 적응하다니. 역시 나는 인간이 아닌 거겠지."

그는 조용히 중얼이며, 문득 첫날 밤 피투성이가 되었던 자신의 손을 바라보았다. 지금의 손은 상처 하나 없는 새것으로 바뀌어 있었다. 그날의 기억은 흐릿했고, 마치 그 모든 일이 망상이었거나, 남의 꿈을 빌려 본 것처럼 낯설게 느껴졌다.

자자신이 베타 버전의 에이프였다는 사실을 처음 들었을 때, 성민은 폭주했다. 정신을 차렸을 때는 이미 이곳에 와 있었고, 이후의 일은 대부분 김신에게서 전해 들은 이야기였다. 진실을 듣던 순간부터 기억은 뚝 끊겼고, 이후 자신이 책상을 부서질 때까지 주먹질을 했다는 말도 남의 일처럼 들릴 뿐이었다.

지금 이곳으로 막 도착한 채원처럼, 성민 역시 같은 통로를 지나 이곳에 옮겨졌고, 캡슐 속에서 각종 개조 과정을 거쳐 김신의 조수로 만들어졌다. 그 모든 것이 실제로 있었던 일인지 단정 지을 수는 없었지만, 그는 적어도 스스로 그렇게 믿고 있었다.

소희, 채원, 그리고 나머지 다섯 명에게 느꼈던 감정들은 아직 그의 기억 속에 선명했다. 그들과 주고받았던 대화, 눈빛, 함께한 짧은 시간들. 채 20시간도 되지 않은 그 만남은, 그의 기억 속에서 그 어떤 장면보다 따뜻하고 생생했다.

그래서일까. 감정이 사라진 지금, 성민은 자신이 어떤 존재로 변했는지를 더욱 분명히 자각하고 있었다.

'지금의 내가 다시 저곳으로 간다면, 소희는 날 어떻게 바라볼까.'

그는 문득 그렇게 생각했다. 일곱 명 중 가장 신뢰했던 존재가, 실은 인간이 아니라 인공지능이었다면. 그걸 알게 되었을 때, 소희는 어떤 표정을 지었을까. 그는 눈을 감고 그 장면을 떠올리려 했지만, 시야에는 검고 어두운 그림자만이 번질 뿐이었다. 어쩌면 감정뿐 아니라 상상력마저 사라진 것일지도 몰랐다.

모니터에 반사된 그의 얼굴은 무표정했다. 감정의 흔적이라고는 찾아볼 수 없었다. 그러나 어설프게 흔들리는 눈동자만은, 아직 그에게 미세하게나마 인간성이 남아 있다는 것을 말해주는 것 같았다. 혹은 그것마저 정교하게 계산된 연산의 결과일지도 몰랐다.

다음 날이 시작되기까지는 여섯 시간이 넘게 남아 있었다. 성민은 조용히 앉아, 다섯 명의 방을 비추는 모니터를 하나하나 바라보았다. 마치 저녁 늦게 시장에서 돌아오는 어머니를 창밖으로 기다리던 아이처럼. 그는 알고 있었다. 지금의 자신에게는 감정이 단 한 조각도 남아 있지 않다는 것을. 그럼에도 불구하고, 언젠가 한순간이라도 느껴봤던 그 감정을 다시금 소유해보고 싶다는, 설명할 수 없는 갈망이 그 안에 조용히 자리 잡고 있었다.

사이렌이 울려 새로운 하루의 시작을 알릴 때까지, 성민은 그 자리를 지키며 잠들지 못한 세 명의 움직임을 묵묵히 지켜볼 뿐이었다.

아침이 밝았지만, 누구도 쉽게 방을 벗어나지 못했다. 문틈에 끼워둔 물건들이 무력하게 부서지는 광경은 깊은 패배감을 안겨주었고, 이불 속에 웅크린 몸들은 마치 껍질을 깨고 세상과 마주할 용기를 잃어버린 번데기 같았다. 희망, 용기, 믿음, 의지, 그 모든 것이 어디론가 사라진 듯했다.

가장 먼저 문을 연 사람은 수연이었다. 그녀의 눈동자는 초점을 잃은 채 허공을 떠돌았고, 걸음 하나하나에는 이미 모든 것을 체념한 사람의 무게가 실려 있었다. 깊게 내쉰 한숨과 함께 3번 방의 문고리를 돌리자, 그녀의 눈에서 솟구친 감정이 무수한 투명한 알갱이로 바뀌어 뺨을 타고 바닥에 떨어졌다. 수연의 울음소리에 태욱과 정연이 차례로 일어났고, 그들 역시 단번에 모든 상황을 이해한 듯한 눈빛을 주고받았다.

자신들이 실패했다는 것, 그리고 이 공간에서 그 어떤 것도 지켜내지 못했다는 사실을 깨달은 듯했다. 그들에게 있어 이 실험을 설계한 존재는 감히 대적할 수 없는 절대자였고, 그 앞에서 그들은 한낱 개미나 메뚜기처럼 무력한 존재일 뿐이었다.

기분 나쁠 만큼 깨끗하게 정돈된 방에서 나온 그들은 아무도 먼저 입을 열지 못했다. 말이란 이 절망을 덜어내기엔 너무 가벼운 것이었다. 그저 멍하니 자리에 앉아 시간을 흘려보냈다. 한발 늦게 모습을 드러낸 호연의 노력으로 다시금 다섯 명이 원탁에 마주 앉게 되었다.

그중 가장 상태가 심각해 보이는 사람은 소희였다.

이틀 연속, 가장 의지했던 두 사람을 잃은 무력감에 음식을 씹을 힘조차 없어 보였다. 그들 사이를 오가는 모든 말과 표정은, 결국 마음속 절망을 감추기 위한 발버둥에 불과해 보였다.

성민의 예측대로, 그들은 수연을 중심으로 조금씩 무리를 나누었다. 수연과 태욱은 도서관에 틀어박혀 '인간 수연'을 증명할 방법을 찾는 데 몰두했고, 소희는 여전히 수연을 믿고 있었지만, 그 곁에 함께 있지는 않았다. 침대에 누운 채 천장만 바라보는 그녀의 눈빛에서는, 더 이상 어떤 감정도 읽히지 않았다. 호연은 이 모든 상황에 지친 듯, 조용히 방으로 돌아가 책상에 고개를 묻고 있었다.

 수연의 유일한 반대파인 정연은 홀로 남아 조용한 싸움을 이어가고 있었다. 예전처럼 땀을 흘리며 몸을 단련하진 않았지만, 눈을 감고 조용히 앉아 생각을 정리하고 있었다. 수연이 에이프라는 확신은 흔들림 없었고, 남은 세 사람을 어떻게 설득할지 고민 중인 듯했다.

 굳게 닫힌 표정엔 이미 웃음기 하나 없었고, 그 자리에 결의가 깊게 자리 잡고 있었다. 백전노장의 기운이 감도는 그의 눈빛 속에는, 채원을 지켜내지 못한 책임감이 묻어 있었다. 덜 수상한 사람들만이라도 지켜내겠다는 다짐, 그것이 지금 그를 움직이는 유일한 동력이었다.

 "그제까지만 해도, 저들과 함께 지내는 게 당연했는데…"

 성민은 생각에 잠겼다. 그는 어린 시절 부모와의 기

억, 보육원에서의 생활, 졸업 후 공사장에서 흘렸던 땀방울 하나하나를 철석같이 믿고 있었다. 그래서 자신이 틀림없는 '인간'이라 여겼고, 그 믿음엔 단 한 점의 의심도 없었다. 그 모든 기억이 조작된 것이라는 사실을 받아들이는 데는, 오랜 시간이 걸렸다. 어쩌면 아직도 완전히 받아들이지 못했을지도 모른다. 김신이 아니었다면, 그는 끝까지 그 진실을 외면했을 것이다.

그렇다면, 저들 중에 스스로가 인간이라는 사실을 온전히 확신할 수 있는 사람은 과연 몇이나 될까. 아마 대부분은 최소한 '자기 자신만큼은' 인간일 거라고 믿고 있을 것이다. 설령 여섯 명 모두가 에이프일 수 있다는 의심이 들어도, 그 대상에는 자신만큼은 절대 포함되지 않는다고. 그렇게 믿으며, 간신히 버티고 있을 것이다.

과연 기억을 의심할 수 있을까?

자신의 존재를 정의하는 그 기억들이, 사실 누군가의 손에 의해 인위적으로 짜인 이야기였다면? 사랑하고 믿었던 가족, 함께했던 친구들이 애초에 존재조차 하지 않았다면? 그 진실을 받아들이는 일은, 어쩌면 평범한 인간에겐 너무나 가혹한 일일지도 모른다.

"오늘 밤이나 내일이면 다 뽑아낼 수 있겠군."

언제 잠에서 깨어났는지, 김신이 캡슐 앞에 서 있었다. 데이터 추출률은 막 23%를 넘긴 상태였다.

성민의 데이터는 베타 버전이라 무의미했기에, 그는 지금처럼 잡무를 도울 뿐이었다. 하지만 완전한 에이프는 달랐다. 그들로부터 추출되는 데이터는 가치가 있었고, 인간을 구성하는 모든 요소를 뽑아내는 이 작업은 시간이 오래 걸리는 만큼, 기대되는 절차이기도 했다.

김신의 말처럼, 유일한 단점은 그 시간이 너무 오래 걸린다는 것뿐이었다.

정적을 깬 건 성민의 속에서 떠오른 순전한 의문이었다.

"선생님, 남은 자들 중에 에이프는 누군가요? 아니, 인간이 존재하긴 하나요?"

김신은 살짝 눈썹을 들어 올리며 성민을 바라봤다.

"그게 궁금해?"

"네. 저 스스로가 인간임을 확신했던 것처럼, 저들도 헛된 믿음에 심취해 있다고 생각합니다. 실제로 에이프를 전혀 눈치채지 못하고 있기도 하고요."

성민은 김신이 감정 수치를 조작했다고 말했던 걸 떠올렸다. 그때 김신은 분명 일곱 명 모두의 수치를 조작했다고 했다.

"…설마, 일곱 명 모두가 에이프였던 건가요?"

"왜 그렇게 생각했지?"

"그날 선생님이… 일곱 명 전원의 감정 수치를 조작하셨다고 하셨잖아요. 실험에 진짜 인간이 섞여 있었다면, 조작은 '데이터가 필요한 대상'에게만 해도 충분했을 텐데요."

"그래, 정답이다."

성민은 숨이 턱 막히는 듯했다.

"너희 일곱 명은 전부 인공지능이야."

성민의 심장이 요동쳤다. 로봇에게도 이런 감정이 존재할 수 있을까 싶을 정도로, 정신이 아찔해졌다.

"처음부터 그랬어. 네 전부는 내가 만들었다고 했지? 그렇다고 불완전하다고 생각지는 마. 너희는 그 자체로 완벽한 인간이야. 살아 있는 신체를 구해내는 것도 쉽지 않았지만, 그만큼 가치 있는 작업이었다. 너도 느꼈겠지만, 사소한 버그 하나 없어. 그러니, 인간과 인공지능이 섞여 있다면, 당연히 누구든 자신이 인간이라고 생각하겠지."

김신은 천천히 걸음을 옮기며 말했다.

"나는 단지 너희가 '인간으로서' 사고하고 말하고 움직이게 만든 거야. 단순한 흉내가 아니라, 실제로 그 정체성을 의심하지 못하게끔. 그리고 그걸 위한 사소한 거짓말이 하나 있었을 뿐이지. 인간이 있다는 말, 에이프를 찾아내면 풀어주겠다는 약속… 모든 건 이 실험을 유지하기 위한 장치였어."

그제야 모든 것이 연결되었다. 김신은 단 한 번도 인간을 실험에 참여시킨 적이 없었다. 실험의 본질은, 완전한 인공지능이 인간이라 믿는 상황에서 어떤 판단을 내릴 것인가. 그것뿐이었다.

하지만 그 말이 사실이라면, 이 실험은 애초부터 전제조건이 틀려 있었다. 피실험자들에게 처음 주어진 규칙은 분명했다.

'인간들 사이에 숨어 있는 에이프를 모두 찾아내라.'

그러면 남은 인간은 자유의 몸이 될 것이라 약속했었다. 그러나 실상은 모두가 에이프였다. 진실을 모른 채 서로를 의심하고 배척하며, 결국 단 한 명도 탈출하지 못하게 되는 구조. 속이는 자는 없지만, 모두가 속고 있는 아이러니. 무의미한 희망을 품고, 부조리한 믿음을 기준 삼아 움직였던 그들의 시간은 처절할 만큼 가엾고 어리석었다.

이토록 잔혹한 진실은 단 한 사람도 눈치채지 못한

채, 모니터 속 다섯 명은 여전히 언성을 높이고 있었다. 상황은 아침과 크게 달라지지 않았다. 정연은 목에 핏대를 세우며 수연에게 투표해야 한다고 강하게 주장했고, 나머지 넷은 일제히 반대했다.

객관적으로 보자면, 정연의 주장이 가장 합리적이었다. 수연이 에이프에 가장 근접하다는 의혹을 받은 것은 이미 돌이킬 수 없는 사실이었다. 반면 나머지 넷은 뚜렷한 근거 없이 막연한 가능성에 매달리고 있을 뿐이었다. 그들이 주장하는 '다른 방법'은 결국, 채원이 목숨을 걸고 지키려 했던 감정의 잔재에 불과했다. 수연을 지켜야 한다는 무의식적 동기, 그것이 판단을 흐리고 있었다.

그들 모두 알고 있었다. 지금 내리는 결정이 감정에 휘둘린 결과라는 것을. 정에 이끌린 그 선택은, 결국 깊고 어두운 파멸로 이어질 것이란 사실도.

그 진실을 누구보다 잘 아는 정연에게는, 외로운 싸움을 멈출 수가 없었다. 그는 철저히 이성적이었고, 아이러니하게도 모두를 위해 넷이서 나눠야 할 책임을 혼자 짊어지고 있었다. 그러므로 결코 물러설 수 없었다.

논쟁은 점차 격해졌다. 논리는 사라지고, 목소리의 크기만이 설득의 무기가 되어갔다. 투표까지 한 시간도 남지 않은 상황에서 누구도 쉽게 자기 뜻을 접을 수는 없었다. 지금까지의 자신을 부정하는 일이기 때문이었다. 그들은 옳고 그름을 알고 있었다. 그러나 그것을 행하지 못한다면, 그 앎은 죽은 것에 불과했다.

과열된 분위기를 식히기 위해 정연이 먼저 물러섰다. 방에서 잠시 쉬고 오겠다며 말을 남긴 그는, 뒤도 돌아보지 않고 자리를 떴다.

그의 양보로 팽팽하던 긴장의 끈이 조금 느슨해졌지만, 그것만으로는 끝나지 않는다는 사실을 모두가 알고 있었다. 변화가 없다면 이 끈은 곧 터질 것이다. 그것이 누구를 향할지 예측하는 일은 결코 어렵지 않았다. 이제 막 탄성이란 개념을 배운 아이조차도 그 흐름을 감지할 수 있을 정도였다.

정연이 사라지자, 남은 네 사람은 단전 깊숙한 곳에서 끌어올린 숨을 내쉬었다. 한꺼번에 무너져 내리는 감정의 무게가 공기를 짓눌렀다. 그들 역시 알고 있었다. 자신들의 행동이 결국 아집이라는 사실을. 논리와 이성만으로 판단한다면, 옳은 선택은 정연의 길이었다. 하지만, 이미 쏟아낸 말은 도로 담을 수 없었고, 그들은 되돌릴 수 없는 강을 건넌 지 오래였다.

죽지 않기 위해, 조금이라도 더 오래 살기 위해, 다수의 편에 서는 것은 너무도 자연스럽고 무의식적인 일이었다. 그것은 인간의 본능이었다.

이제 그들은 하나의 유기체처럼 움직이고 있었다. 무엇이 지금 가장 '현명한' 결정인지에 대한 암묵적인 합의를 공유하고 있었고, 말이 필요 없는 상태에 이르렀다. 눈빛 하나, 숨결 하나로도 충분히 뜻을 나눌 수 있었다. 토론이라는 이름의 시간은 더 이상, 에이프를 가려내기 위한 이성적인 과정이 아니었다. 이제 그것은, 다름을 제거하기 위한 냉혹한 절차로 탈바꿈해 있었다.

그리고, 정연이 방에서 나왔다. 그는 이미 모든 것을 각오한 얼굴이었다. 두려움이나 망설임은 그의 표정 어디에서도 찾을 수 없었다. 마지막 생명력이 눈빛 속에서 불타올랐고, 온몸에는 뜨겁고도 선명한 기운이 맴돌았다. 마치 그의 위로 아지랑이가 피어오르는 듯한 착각마저 들었다. 감히 말을 걸면, 그 불길 속에 자아가 휩싸여 사라져 버릴 것만 같은 두려움이 일었다.

정연은 말없이, 조용히 자신의 자리에 앉았다. 그리고 다가오는 투표 시간을 묵묵히 기다렸다.

투표 시작을 알리는 사이렌이 울리자, 수연과 정연이 각각 한 표씩을 얻었다. 곧이어 추가 표가 정연에게 몰리기 시작했다. 하나, 둘, 셋.

결국 정연을 제외한 전원의 표가 그의 이름 위에 적혔다.

학창 시절의 반장 선거였다면, 이는 곧 압도적인 신뢰와 리더십의 증거로 읽혔을 것이다. 물론 이곳에서는 그 어떤 신뢰도 존재하지 않았다. 당사자들은 아직 정확한 결과를 모르고 있었지만, 정연은 압도적인 선택을 받은 셈이었다.

"오늘은 재미없네."

성민은 투표 결과를 공지하자마자 곧바로 작업을 시작했다. 가스를 주입하고 기다리는, 단순하고 반복적인 작업이었다. 지루함 속에서 어쩐지 아주 미세한 우월감이 스며드는 것도 사실이었다.

정연은 쓰러지는 순간까지도 고요했다. 그는 안타까워하고 있었다. 자신이 가장 논리적이었음을 알고 있었고, 동시에 자신에게 표를 던진 이들이 더 인간적이었다는 사실도 받아들이고 있었다. 그 역설적인 상황 속에서, 정연은 아무 말도 하지 않았다. 사리 분별을 흐리게 만든 감정의 선택이 어쩌면 정답일지도 모른다는 통찰은, 오직 그만이 도달한 결론이었다.

"누나… 미안해…"

마지막으로 그의 입에서 흘러나온 말은 채원을 향한

진심이었다.

 이미 한 번 가스를 경험했던 그였기에, 성민은 1분 더 기다렸다. 그것은 정연의 마지막 의지를 위한 작고 조용한 배려였다.

 기계 팔이 천천히 뻗어 나왔고, 정연의 육체를 조심스럽게 들어 올렸다. 곧, 무언가 크게 부딪히는 소리가 울렸고, 채원에게 행했던 작업이 다시 반복되었다.

 작업을 마치고 모니터 앞으로 돌아오자, 방 안의 공기는 싸늘하게 식어 있었다. 남은 이들은 깊은 밤을 온몸으로 견디며 뒤척이고 있었다. 세 번의 투표 중 가장 자신들의 의지로 내린 결정이었지만, 어쩌면 그것이야말로 가장 잔인한 선택이었을지도 몰랐다.

 성민은 작게 중얼거렸다.

 "선생님 말씀이 맞았네요. 제가 틀렸어요. 수연 이외의 결과는 나오기 힘들다고 생각했는데… 선생님은 처음부터 이렇게 될 걸 알고 계셨던 건가요?"

 그는 고개를 젓고 다시 혼잣말을 이었다.

 "아직도 데이터가 부족한 모양이네. 이 세계엔 데이터로 설명되지 않는 건 존재하지 않으니까. 그게 내 존재 이유이자 진리야."

소희는 여전히 흐느끼고 있었다. 투표 결과가 발표된 순간부터 이어진 울음은 멈추지 않았다. 이미 끝난 일을 되돌릴 수 없다는 걸 알기에 그녀는 조용히 자리에 누웠지만, 그 안에는 죄책감이 가시처럼 돋아 있었다.

오늘 아침, 가슴속에 심었던 작고 고집스러운 씨앗은 이제 죄책감과 자기혐오라는 열매를 맺었다. 정연의 마지막 순간에 스치듯 느꼈던 안도감이, 그녀를 더욱 고통스럽게 짓눌렀다. 그 감정이야말로 구역질이 나고, 자신을 스스로 증오하게 만드는 진짜 원인이었다.

성민은 조용히 소희의 방 마이크를 껐다. 소희의 비애는 이제야 비로소 그녀만의 것이 되었다.

4장

 괴롭다. 꿈의 문턱을 넘으려 할 때마다, 발끝부터 휘감기는 불안이 나를 붙든다.
 눈을 감아도, 오빠의 눈빛이 자꾸 떠올랐다. 잔잔하고, 체념에 가까웠던 그 마지막 얼굴. 그것이 더욱 잔혹하게 가슴을 짓눌렀다.
 "나, 정말 뭘 한 걸까…"
 속삭였지만, 목이 메어 아무 말도 나오지 않았다. 풍선처럼 부어오른 눈꺼풀은 제대로 뜨이지 않았고, 가슴은 꺼지듯 무거웠다. 사무치게 슬프고, 뼛속 깊이 아팠다. 마치 가시덤불로 엮은 침대 위에 누운 것처럼, 생각할수록 마음 곳곳이 찔리고 터졌다. 찔린 자리는 피가 아니라 기억으로 물들었고, 그 기억은 영원히 지워지지 않을 흉터가 되어버렸다.

 오빠는 이미 알고 있었던 걸까. 우리의 마음은 변하지 않을 거란 걸. 그래서 마지막까지 단 한 마디 비난조차 하지 않았던 걸까. 그 평온함이 오히려 더 잔인하게 느껴졌다. 차라리 울부짖어줬다면, 미워해줬다면… 죄책감은 이토록 깊이 파고들지 않았을 것이다.

 이 끔찍한 일을 언제까지 계속해야 하는 걸까. 정말 이곳에서 나갈 수는 있는 걸까? 그림자 같은 질문이 귓가를 맴돌았다. '에이프를 모두 찾아낼 때까지'라고 했지만, 목소리는 에이프가 몇 명인지조차 알려주지 않았다. 모두 사라질 때까지 이 실험이 계속된다면, 결국 남는 건 누구일까.

 이제는 생각하는 것조차 지쳤다. 조용히 숨을 들이쉬고, 천천히 눈을 감았다. 깜깜한 어둠이 시야를 덮었다. 고요했지만, 평온하지는 않았다. 그럼에도 어딘가로 떨어지는 듯한 느낌 속에서 나는 그대로 잠에 들었다.

 내일은 제발, 아무 일도 없기를.

 또다시 끔찍한 기상 사이렌이 울려 퍼졌다. 그냥 이대로 이불 속에서 굳어버릴 수 있다면 좋을 텐데. 누군가를 잃는 것도, 누군가를 버리는 것도 이제는 지긋

지긋했다. 어차피 나가 봤자, 밖에는 아무도 없을 것 같았다. 다들 나처럼 침대에 몸을 웅크린 채 움직이지 못하고 있겠지. 나만 이렇게 힘든 건 아닐 거야. 그냥, 잠이나 더 자자.

잠이란 참 이상했다. 간절할 땐 늘 멀어지더니, 아이러니하게도 지금 이 순간엔 밀물처럼 몰려오고 있었다. 깨어보니, 이 모든 게 그저 꿈이었다면 좋겠다. 정연 오빠도, 채원 언니도, 성민이도 모두 멀쩡하고, 이런 기묘한 공간 자체가 처음부터 존재하지 않았던 거라면…

얼마나 시간이 흘렀을까.

문을 두드리는 소리에 고개를 들었다.

문 앞에 서 있는 건 수연 언니였다.

"언니…"

언니의 얼굴을 보는 순간, 어젯밤의 기억이 밀물처럼 되살아났다. 감정이 북받쳐 눈물이 터져 나왔다. 수연 언니는 말없이 다가와, 그저 가만히 얇고 따뜻한 팔로 나를 조심스레 감싸 안았다.

감정이 조금 가라앉고 나서야, 나는 언니의 눈을 똑바로 마주할 용기를 낼 수 있었다. 나와 같은 눈이 아니라면 어떤 표정을 지어야 할지 몰라 눈을 피했던 내가, 언니의 다정한 행동 덕분에 조금은 달라졌다.

언니의 눈은 마치 세상의 어떤 보석보다도 반짝이는 빛을 담고 있었다. 나의 죄를, 나의 후회를, 한순간에 모두 품어주는 구원의 빛처럼 느껴졌다.

"소희야. 너도 알겠지만, 이제 내 하루는 나만의 것이 아니야. 지금 이렇게 살아 있다는 것 자체가 기적인걸. 나도 어젯밤엔 아무것도 하기 싫었어. 채원 언니를 막지 못한 게 자꾸 떠올랐고, 차라리 내가 대신했어야 했다는 생각만 맴돌았지.

그런데 문득 이런 생각이 들더라. 채원 언니는 나를 위해 희생했고, 정연 오빠는 우리의 잘못된 선택을 끝까지 감당했잖아. 그렇다면 이제 내 목숨은 나 혼자만의 게 아니구나, 하고 말이야. 너도 그래. 호연 오빠도, 태욱 오빠도 마찬가지야. 이렇게 얻은 삶인데, 그걸 무기력하게 흘려보내는 건 우리를 위해 사라진 이들에 대한 모독이 아닐까 싶었어.

그 생각을 하니, 이상하게 힘이 나더라."

수연 언니의 말은 내 안 깊숙한 곳에 파문을 일으켰다. 절망과 고통으로만 가득 찼던 마음 속에서, 아주 작은 희망의 싹이 고개를 들기 시작했다. 언니의 용기와 결단이 나를 다시 일으켜 세우고 있었다. 서로를 지탱하며 살아간다는 것. 그 의미를 나는 이제야 조금 알 것 같았다.

때마침 고소한 냄새가 코끝을 간질였다.

수연 언니가 나직하게 웃었다.

"아, 아까 호연 오빠한테 부탁했거든. 이런 날일수록 든든하게 먹어야 하잖아. 어서 가자."

그 말에 마음이 따뜻해졌다. 언니가 나를 위해, 모두를 위해 먼저 움직였다는 게 느껴졌다. 언니는 내 팔을 가볍게 끌며 앞서 걸었다. 당차고 단단한 뒷모습. 처음 만났을 때와는 분명 달랐지만, 이상하게 그 변화가 좋게 느껴졌다.

그래, 성민이도 옆에 있었다면 같은 말을 했을 거야. 힘내자고, 반드시 여기서 나가자고 약속했으니까.

식당 안엔 노릇하게 구운 토스트 냄새가 가득했다. 달콤한 향과 함께 진한 핫초코도 준비되어 있었다. 따뜻한 향기가 몸을 감싸는 순간, 마음이 조금 누그러지는 기분이 들었다. 조금 전보단 숨 쉬기가 편해졌다. 하지만 마음 깊은 곳 어딘가엔 여전히 단단하게 뭉쳐 있는 무언가가 있었다.

태욱 오빠는 우리를 보자 장난스럽게 말했다.

"왜 이제야 와?"

호연 오빠도 막 요리를 마치고 자리에 앉았다. 오늘의 네 사람이 조용히 마주 앉았다.

우리는 암묵적으로 매일 아침마다 사라진 사람들의 흔적을 찾아 방을 뒤지곤 했다. 하지만 오늘은, 누구도 먼저 나서지 않았다. 아니, 나설 수 없었다. 말로는 괜찮다고, 조금은 이겨낸 것 같다고 스스로를 다독여 보지만, 가장 부끄러운 감정은 늘 마음 깊숙한 곳에 감췄다. 스스로도 속이며, 마치 아무 일도 없었던 것처럼 앉아 있었다.

나도 예외는 아니었다. 수연 언니 덕분에 잠시 마음이 풀린 건 사실이지만, 지금 이 자리에 앉아 있는 나 역시… 억지로 웃고, 억지로 괜찮은 척하고 있었다. 사실은 다 포기하고 싶었고, 이제 못 버티겠다는 말을 외치고 싶었다. 하지만 그런 말 한마디조차 꺼낼 용기도 없었다.

작위적인 화목함이 벗겨지자, 익숙한 정적이 다시 식당을 채웠다. 무언가 무너진 자리에 남은 건 진짜 침묵이었다. 그 침묵 속에서야 비로소 우리의 실체가 드러났다. 내면 깊숙이 숨겨 뒀던 감정들과, 끝내 외면해왔던 상처들이.

등줄기를 타고 한기가 스며드는 느낌에 몸을 살짝 떨

고 있을 즈음, 갑자기 태욱 오빠가 벌떡 일어서더니, 있는 힘껏 외쳤다.

"으아아아아!"

예상치 못한 고함에 나와 수연 언니, 그리고 호연 오빠까지 동시에 그를 바라봤다. 어리둥절함과 당황스러움, 그리고 본능적인 경계심이 뒤섞인 순간. 그의 떨리는 목소리가 이어졌다.

"내가… 내가 너무 나약해서 너한테 다 떠넘겼어! 밤새도록 진짜, 뼈저리게 후회했고… 그런 선택밖에 할 수 없었던 내가 너무 한심했어. …오늘 하루는 네가 준 거라 생각하고 살아갈 거야. 진심으로… 미안하고, 고마워. 정연아."

그 고백은 거칠고 투박했지만, 진심이 담겨 있었다. 아, 오빠도 괴로웠던 거구나. 나만 아팠던 게 아니었구나. 그의 외침에 내 안의 외로움이 조금 녹아내리는 걸 느꼈다.

오빠는 용감했다. 자신의 나약함을 인정하고 마주할 수 있는 사람만이 그런 말을 할 수 있다. 그는 더 이상 첫날처럼 방황하던 황태욱이 아니었다. 오히려, 후회와 반성이라는 칼날을 품고 정의의 갑옷을 입은 기사 같았다.

다시 자리에 앉은 태욱 오빠의 어깨에 수연 언니가 조

심스레 손을 얹었다. 그것은 부드럽고 조용한 위로였다. 여전히 말은 없었지만, 침묵은 더 이상 불편하지 않았다. 깨지고 부서졌던 뼈가 다시 붙으며 단단해지듯, 우리도 그렇게 천천히 다시 연결되고 있었다.

"저… 한마디만 해도 될까요?"

지금이 아니면 다시는 오지 않을 순간이었다. 나는 조심스럽게 입을 열었다. 아직 생각이 완전히 정리된 건 아니었지만, 어쩌면 이것이 마지막으로 남은 단 하나의 가능성일지도 몰랐다. 다행히도, 모두가 조용히 고개를 끄덕이며 내 용기에 응답해 주었다. 나는 한 사람씩 눈을 마주 보았다. 그들의 진심을, 그리고 내 진심을 온전히 확인하고 싶었다.

그렇게 말한 뒤, 정확히 한 시간 후에 원탁에 모여 달라고 전했다. 누구도 이유를 묻지 않았고, 그저 조용히 그렇게 하겠노라 대답했다.

나는 정연 오빠의 방문 앞에 멈춰 섰다. 만년처럼 길게 느껴지는 찰나 속에서, 나도 모르게 속삭였다.

"고마워요."

차가운 문 너머로, 호탕한 웃음소리가 들려왔다. 그건 마치 괜찮다고, 다 알고 있다고, 아무 말 없이 나를 안아주는 듯한 웃음이었다. 눈물이 차올라 고개를 들었다. 그리고 문득, 어느 노래 가사가 떠올랐고, 나는 활짝 웃었다. 오빠는 분명, 내가 우는 모습을 바라지 않았을 것이다.

정연 오빠의 방을 뒤로하고, 나는 천천히 발걸음을 옮겼다. 채원 언니의 방 앞을 지나고, 성민이의 방 앞도 조용히 스쳐 지나갔다. 걸음을 옮길수록, 이곳에서의 하루하루가 조각처럼 떠올랐다. 두렵고 혼란스러웠던 순간들, 그리고 울고 웃던 시간들까지. 모든 것이 이제는 단지 괴로운 감옥의 기억이 아니라, 소중한 이들이 남긴 추억으로 다가왔다.

이 낯선 곳에서의 하루하루가, 소중한 이들이 남겨준 '오늘'이었다. 그걸 깨닫는 순간, 가슴 깊은 곳까지 벅찬 감사함이 차올랐다. 그런 걸 깨달은 사람에게, 단 하루, 단 한 시간, 단 1분 1초라도 허투루 보낼 수 있을까.

"오빠를 위해서라도, 너를 위해서라도… 우리는, 이곳에서 반드시 탈출할 거야."

약속한 시간이 되자, 마침내 소희가 모습을 드러냈다. 이미 원탁에는 그녀를 기다리는 세 명의 남녀가 앉아 있었다. 긴장과 호기심이 교차하는 눈빛으로, 그들은 오직 소희만을 바라보고 있었다.

소희의 작은 손동작, 미세한 동공의 떨림, 걸음걸이의 리듬까지. 그들은 단 하나의 단서도 놓치지 않겠다는 듯 숨을 죽인 채 지켜보았다. 소희는 조용히 그들 앞에 섰다.

"저는, 다시는 소중한 사람들을 잃고 싶지 않아요. 어제 투표 이후로 생각했어요. 이렇게 연명하는 데 무슨 의미가 있을까. 소중한 사람을 위해 또 다른 소중한 사람을 희생시키는 것, 그 끝에는 뭐가 있을까요? 다 사라지고, 결국 혼자 살아남으면 그걸로 되는 걸까요? 설령 혼자 남는다 해도, 그들이 순순히 우리를 내보내 줄 거라는 보장은요? 그리고… 나간다고 해서 그게 과연 끝일까요?"

소희는 숨을 고를 틈도 없이 말을 이어갔다. 목소리엔 절박함과 단호함이 얽혀 있었다. 그녀의 말 한마디, 한마디가 원탁에 앉은 이들의 표정을 조금씩 바꾸어갔다. 누군가는 조용히 고개를 끄덕였고, 누군가는 '소중한 사람'이라는 말에 눈시울을 붉혔다.

"그래서 저는 오늘, 끝을 보려고 해요."

"끝을 본다니?"

"말 그대로예요. 여길 탈출하겠다는 말이죠."

"아니, 잠깐만."

태욱이 급히 나서며 소희를 막아섰다.

"우린 이미 이곳을 샅샅이 뒤졌잖아. 비밀 통로나 환풍구 같은 건 없었어. 그래서 결론 내린 거잖아, 우린 알 수 없는, 범인들만의 통로가 따로 있을 거라고. 설마, 뭐라도 발견한 거야?"

"아니요. 숨겨진 통로는 발견하지 못했어요."

"그럼 어떻게 탈출을…?"

이번엔 호연이 조용히 입을 열었다.

"음… 가장 확실한 방법은, 그 사람들 말대로 하는 거겠지? 에이프를 전부 찾아내면 풀어주겠다고 했잖아."

소희는 고개를 끄덕였다.

"맞아요. 하지만 그 방법엔 큰 문제가 있어요. 우리는 사라진 사람들의 정체를 아직도 알지 못하죠. '모든 에이프를 찾아내면 풀어주겠다'는 말은, 결과를 알려주지 않는 이상 영원히 우릴 가둘 수 있는 좋은 핑곗거리일 뿐이에요. 지금까지 확실하게 에이프라고 밝혀진 건 성민이 하나뿐인데… 솔직히 성민이가 에이프라면, 여기 있는 우리 전부가 에이프일 수도 있어요. 지금 이 순간에도 자신이 인간이라고 확신할 수 있는 사람, 과연 있을까요? 결국 아무도 확신할 수 없기 때문에, 이 방법은 애초에 성립하지 않아요."

"그래. 나도 동의해."

태욱이 낮게 말했다.

"그리고 숨겨진 통로를 찾는 것도, 지금으로선 사실상 불가능에 가까워요. 매일 누군가 사라지는데도 방은 너무 깨끗하고, 주방이나 운동기구들까지 늘 정돈된 상태죠. 분명 어딘가로 이어진 길이 있을 텐데, 우리가 그렇게 오랫동안 헤매도 단 하나의 단서도 못 찾았다는 건… 우리가 알아챌 수 없는 방식으로 철저히 숨겨져 있다는 뜻일지도 몰라요. 혹시 기발한 아이디어가 떠오른다 해도, 실행할 수 있는 시간조차 주어지지 않을 가능성이 크고요. 그러니까, 이 방법은 더 이상 기대하기 어려워요."

"그래도 우리를 이 자리에 부른 이유가 있을 거 아니야. 네가 생각한 탈출 방법이 뭔데?"

'정말 이 방법뿐일까? 시도조차 못 한 채 끝나버리면…' 소희의 마음속은 흔들리고 또 흔들렸다. 매일 투표를 계속하면 언젠가 에이프를 다 찾아낼 수 있을지도 모른다. 하지만 이미 이곳을 떠난 이들의 목소리가 그녀의 등을 밀고 있었다. 혁명이란, 감당할 준비가 된 사람만이 일으킬 수 있는 불꽃이었다.

지금 이 순간을 포기하면, 당장은 편해질지도 모른다.

하지만 소희는 알고 있었다. 마지막 순간이 왔을 때, 지금 이 나약한 선택을 가장 깊이 후회하게 되리라는 것을.

"채원 언니가 사라지던 밤, 우리 작전이 하나도 성공하지 못했죠. 그리고 첫날, 범인의 목소리가 대화하는 것처럼 느껴졌던 기억, 저만 그런가요? 우릴 감시하기 위해 감시 카메라나 마이크 정도는 설치해놨겠죠?"

"그야 당연하지. 마이크가 없으면 지금 우리가 하는 얘기도 못 들을 테고. 그냥 '쟤네 뭐하나' 혼자 상상이나 하겠지. 잠깐… 설마 너 지금…?"

"네. 그 '설마'가 맞아요. 저는… 우릴 납치한 사람들과 직접 이야기해 보고 싶어요. 그게 제가 생각한 마지막 방법이에요."

"허 참. 너무 쉽게 가려는 거 아냐? 우리가 아무리 소리쳐도 그냥 무시하면 그만인데. 그깟 '대화'라는 믿음 하나로 오늘 하루를 날릴 수도 있어. 최악의 선택일 수 있다는 생각은 안 해봤어?"

"그 '쉬운 방법'을 단 한 번이라도 시도해 본 적 있나요? 해보지도 않고 안 될 거라고 단정짓는 게, 말이 된다고 생각해요?"

"태욱아, 잠깐만. 조금만 더 생각해 보자. 그리고 그냥 반대할 게 아니라, 더 나은 의견을 제시해 줘. 소희 너도,

네 의견이면 좀 더 침착하게 설명해 주고."

 호연의 중재 덕분에 날카롭게 번질 뻔한 분위기는 서서히 가라앉았다. 소희는 태욱의 반응을 충분히 이해하고 있었다. 이 마지막 순간에 꺼낸 희망이 '대화'라는 말이라면, 초조하고 조급한 마음에 거부부터 드는 것도 무리는 아니었다. 그녀 역시 무수히 고민했다. 이것이 허상일지도, 마지막을 망치는 실수일지도 모른다는 걸.

 하지만 곱씹고 또 곱씹을수록 이 실험과 게임의 목적, 범인들이 진짜 원하는 것, 모든 것이 끝난 뒤 남겨질 자신들의 처우를 생각하면, 이 방법은 전혀 불가능하다고만은 할 수 없었다. 태욱도 곧 알게 되리라. 이 선택이 결코 나쁘지 않다는 것. 어쩌면 유일한 희망일지도 모른다는 것.

 그래서 소희는 더는 말하지 않았다. 설득이 아닌, 믿음이 필요한 순간이었다.

 태욱이 그 사실을 받아들이기까지는 오래 걸리지 않았다.

 "오케이. 알겠어. 나도 인정할게. 딱히 기발한 아이디어도 없고…. 그런데, 일단 그 녀석이 우리 대화에 응해 준다고 치자. 그다음엔 뭐 어쩌자는 건데? 무작정 풀어달라고 떼쓰는 게 전부는 아니잖아."

"뭔가 딜을 걸 만한 게 필요하단 거지?"

"그렇죠. 우리를 풀어주는 건 분명 걔들 입장에선 손해일 테니까. 그러면 우리가 뭘 내줘야 걔들이 덥석 물겠냐는 거죠."

그 질문에 답하기 위해, 소희는 외로움의 시간을 택했다. 그녀는 어둠 속에 앉아, 오직 자기 자신과 마주하려 했다. 고요한 침묵 속, 어떤 말도 없이. 그 고독한 시간은, 자신을 들여다보는 유일한 창이었다. 진실한 자아는 언제나, 자아가 진정으로 원하는 것과 지금 해야 할 일을 알려주는 법이었다.

소희가 바닥에 정좌하고 눈을 감았을 때, 지난 사흘간의 기억들이 파노라마처럼 스쳐 갔다. 그 시간은 지금 이곳의 시간과는 전혀 다른 속도로 흘렀다. 응축된 사건들과 감정들이 하나의 덩어리처럼 그녀를 덮쳤다. 소희는 그 안에서 단 하나의 가능성을 찾아내기 위해, 머릿속을 뒤지듯 생각하고 또 생각했다. 그 어둠 속에서 그녀는 믿고 있었다. 언젠가 진실이, 해답이, 마치 사과가 뉴턴에게 떨어졌듯, 불쑥 자신에게도 도달하리라는 것을.

주마등은 뇌가 마지막까지 살아남기 위해, 기억 속에서 희망을 건져 올리려는 몸부림이다. 그런 의미에서, 소희는 철저하게 고독을 체험했다. 그 고독은 단순한 외로움이 아니었다. 그것은, 죽음이라는 본질적인 공포와 마주한 자만이 느낄 수 있는 숭고한 고독이었다. 같은 공간, 같은 상황에 놓여 있어도, 그 죽음의 공포는 누구와도 공유되지 않는다. 그 공포는 이제 고통이 아니라, 현실로 다가오고 있었고, 소희는 그 끝을 받아들일 수 있을 것 같은 묘한 평온함에 휩싸였다.

약속한 한 시간이 조금이라도 더 늦어졌다면, 과연 그녀는 눈을 감은 채, 혀를 베어 물고 싶은 충동을 억누를 수 있었을까?

결국, 소희는 유일한 정답을 발견해 냈다. 하지만 그 전에 확인해야 할 것이 있었다.

"오빠는 어떻게 생각해요? 일곱 명 중 네 명밖에 남지 않은 이 절체절명의 상황에서, 단 한 번의 기회로 우릴 납치하고, 개조하고, 감금한 미친 놈들을 설득해서 이곳을 빠져나올 수 있다고 믿어요?"

태욱은 당황한 기색을 감추지 못했다.

"그거야… 나는 모르지! 네가 그 방법 생각해냈으니까 우리한테 모이자고 한 거 아니야? 장난치지 말고, 빨리 말해줘. 제발…"

소희는 속으로 이래선 안 된다는 생각이 머리를 스쳤다. 주위를 둘러보니 태욱과 마찬가지로 불안이 고스란히 얼굴에 드러난 두 사람도 긴장한 기색으로 몸을 굳히고 있었다. 분명 자신이 한 시간 뒤에 다시 모이자고 했을 때부터, 이들은 무의식적으로 스스로 사고하는 일을 멈췄을 것이다. 책임과 부담을 모두 그녀에게 넘기며, 일종의 정신적 태만 상태에 빠져 있었다.

그들에게 그런 방식은 익숙했다. 정연에게도 그렇게 했다. 한 사람을 사지로 몰아넣었고, 그 대가는 지금 모두가 치르고 있었다.

사람들은 자신의 운명을 쉽게 타인의 손에 맡긴다. 편하기 때문이다. 익숙하기 때문이다. 게으르고 종속적인 인간은 언제나 문제를 회피하려 한다. 하지만 그것은 인간다운 태도가 아니었다. 소희는 그렇게 믿었다. 진정한 인간은 자신의 길을 스스로 개척하고 홀로 설 줄 아는 사람이어야 한다.

무언가에 얽매인 사람은 결코 자기 삶을 살 수 없다. 부모, 사회, 친구, 동료, 연인, 돈, 명예, 권력, 지식, 능력, 출신, 배경, 재능, 그리고 나라조차, 그 무엇도 인간의 '생각하는 힘'을 빼앗아선 안 된다. 그리고 누구도 스스로 그것을 내어줘선 안 된다. 이곳에서 나가기 위해서라면 더더욱. 자신의 길은 스스로 쟁취해야 한다. 종속적으로 살아간다면, 결국 이 감옥 같은 공간을 깨고 나갈 수 없을 것이다.

정적은 깊고 무거웠다. 해 뜨기 직전의 어둠처럼, 이 침묵은 거대한 폭풍의 전야를 닮아 있었다. 뭔가 큰일이 벌어질 것이란 예감이, 숨을 죽인 모두의 가슴속에 서서히 자리 잡았다.

수연은 직감적으로 느꼈다. 지금이 운명을 바꿀 갈림길임을. 호연과 태욱도 마찬가지였다. 자신의 작은 말과 행동 하나가 어떤 결과를 낳을지 감히 예측할 수 없었기에, 모두가 말없이 눈치를 살폈다.

그 고요를 깬 것은, 전쟁의 시작을 알리는 듯한 소희의 단호한 외침이었다.

"야, 김성민! 듣고 있지? 다 듣고 있으면서 시치미 떼는 거 다 알아! 할 말이 있으니까 좀 나와!"

대답은 없었다. 마치 아무도 존재하지 않는 듯, 숨소리조차 들리지 않았다. 소희는 자기 심장 소리가 귀를 때릴 정도로 커진 걸 느꼈다. 그만큼 긴장한 탓이었다. 그녀는 더욱 큰 목소리로 외쳤다.

"그래, 대답 안 해도 돼. 어차피 거기 있는 거 아니까, 결론부터 말할게. 나, 오늘 투표 안 할 거니까, 그렇게 알아!"

그녀는 자신을 노려보고 있을 '무언가'를 향해 시선을 고정하고 싶었지만, 그 존재는 형체조차 보이지 않았다. 소희는 시선을 이리저리 돌려가며, 의도적으로 관찰자를 향해 목소리를 내뱉었다.

그 순간, 예상과 다른 목소리가 응답했다.

호연이었다.

"소희야, 잠깐만. 투표를 안 한다니, 그게 무슨 말이야? 그게 가능해? 그러다 우리…"

"괜찮을 거예요. 아마… 아니, 괜찮아요!"

소희는 호연의 말을 끊으며, 다시 어딘가에서 자신을 지켜보고 있을 카메라를 향해 또박또박 말을 이었다.

"당신이 말했잖아. 우리 안에 있는 에이프, 인공지능으로 개조된 사람만 전부 찾아내면 풀어주겠다고. 근데 정작 중요한 건 하나도 안 알려줬어. 에이프가 몇 명인지, 지금까지 사라진 사람들의 정체가 뭐였는지, 그리고 남은 사람 중에 에이프가 몇 명이나 되는지… 우리한텐 추리하는 데 필요한 정보가 아무것도 없었어. 정작 우리는 누가 인간인지 밝혀내는 데만 정신 팔려서, 제일 중요한 걸 놓쳐버렸지. 이 부조리한 상황, 애초에 누가 철저하게 계획한 거 아니야?"

소희는 숨을 고르며, 마치 진실을 토해내듯 말을 이었다.

"그렇다면 이 게임 자체가 처음부터 모순이야. 에이프를 다 찾아내야 나갈 수 있다는 말은 결국, 우리 일곱 명 전부 머리를 열어서 확인하지 않고는 불가능하다는 얘기잖아. 그러니까, 당신은 애초부터 우리를 내보낼 생각 같은 건 없었던 거지!"

잠자코 소희의 말을 듣던 모두는 결국 깨달았다. 그들을 곱게 내보낼 생각 따위, 애초에 없었다는 것을. 그들이 처한 이 상황은, 유년기의 아이들이 재미 삼아 키우는 개미보다도 더 부자유했다는 사실을. 그 지점까지 생각이 미치자, 억눌렸던 감정들이 일제히 터져 나왔다. 누군가는 지금껏 속아왔다는 배신감에, 또 누군가는 이유도 모른 채 인생이 잔혹하게 끝날 뻔했다는 공포에 휩싸였다.

"잠시만요! 다들 진정 좀 해요! 지금부터 제 생각을 말해줄게요!"

소희는 침착하라고 반복해서 말했다. 그러나 한 번 터진 불안은 좀처럼 가라앉지 않았다. 마치 목자와의 신뢰가 무너진 순간, 이성을 놓아버린 양 떼가 절벽을 향해 달려가는 형국이었다. 소희는 그들에게 시간을 주었다.

지금은 감정이 요동치고 있지만, 결국 불평할 힘마저 다한 순간, 그녀의 말이 가장 깊이 스며들 수 있다는 걸 알고 있었기 때문이다.

상당한 시간이 흘렀고, 과열되었던 공기는 점차 가라앉기 시작했다. 소희는 끝까지 기다렸다. 그리고 마침내, 그들의 얼굴에서 모든 것을 토해냈다는 것을 알아차렸다. 그제야 소희는 서슴없이 본론으로 들어갔다.

"제가 투표를 하지 않겠다고 한 이유는, 이제 저 얼굴도 모르는 녀석의 말에 더는 휘둘릴 필요가 없기 때문이에요. 다들 한 번 생각해봐요. 성민이랑 채원 언니, 정연 오빠를요. 어땠어요? 우리랑 확연하게 다른 점이 있었나요? 우리가 그들을 투표한 게, 정말 확신이 있어서였어요? 에이프라는 강력한 증거라도 있었어요?"

소희의 말에 잠시 침묵이 흘렀고, 그 침묵을 깬 건 호연의 작고 떨리는 목소리였다.

"아니… 지금 생각해 보면, 그중 누가 여기 남아 있었어도 이상하지 않았어. 우리 일곱 명 중 그 누구도 정확히 판단할 수 없었잖아…

내가 느낀 그들은, 그냥… 사람이었어."

수연과 태욱도 조용히 고개를 끄덕였다.

"진실이 밝혀지지 않은 채원 언니랑 정연 오빠를 제쳐

두더라도, 성민이가 우리한테 보여준 건 완벽한 인간의 모습이었어요. 그들이 진짜 인간인지 아닌지는 모르겠어요. 하지만 적어도 저는 그들을 인간으로 대했고, 여전히 인간이라고 믿어요."

소희의 목소리는 점점 떨려오기 시작했다.

"심지어… 그들을 벼랑 끝으로 몰아넣은 제가, 마치 살인자처럼 느껴졌던 그 밤에는… 악몽조차 사치였어요. 저도 제가 인간이라고 믿고 싶어요. 그런데 만약 이 감정조차 만들어진 거라면? 제가 느끼는 이 슬픔과 죄책감, 고통이 전부 인위적으로 설계된 거라면? 제가 온몸에 완벽하게 덧칠된 거짓을 두르고 모두를 속이고 있다면요…?"

감정이 북받친 소희는 말을 잇지 못했다. 무심코 바라본 어느 한 지점에 카메라가 숨겨져 있다는 것을 그녀는 알지 못했지만, 본능적으로 그곳을 향해, 자신을 지켜보는 창조자에게 외치듯 다시 목소리를 높였다.

"나는 받아들이기로 했어. 내가 인간이든, 로봇이든 간에 상관없어. 내 몸과 심장, 뇌, 그리고 이 찢어질 듯한 마음마저 만들어진 거라 해도… 난 인간답게 살아갈 거야. 그리고 인간의 길을 걸을 거야.

혈관에 피 대신 기름과 냉각수가 흐른다고 해도, 누구

보다 인간답게 살아가는 존재를, 감히 누가 인간이 아니라고 말할 수 있어?

타인을 위해 몸을 바치는 희생, 이성으로는 도무지 이해되지 않는 비합리성, 인공지능 따위는 상상도 못 할 비효율적인 선택들… 속고, 넘어지고, 굴러떨어져도 다시 기어 올라오는 그 모든 것들이 인간이잖아. 우린 그 나약함을 안고 살아가. 정연 오빠에게 투표했을 때, 그걸 뼈저리게 깨달았어. 우린 악하고 약해. 그게 인간의 본질이고, 우리가 거스를 수 없는 법칙이야."

소희는 깊게 숨을 고르고, 마지막으로 외쳤다.

"그래서 우리는 성장하고, 다시 일어서. 좌절을 견디고 도망치지 않았기 때문에, 우리는 반드시 나아갈 수 있어. 고통 속에서 헤매지 않았다면, 절대 도달할 수 없는 곳에 다다를 거야. 이 안에, 당신이 만든 인공지능 따윈 더는 없어. 우린 인간이고, 당신 말대로라면, 이제 당신은 우리를 내보내야 해. 아니, 내보내지 않을 수 없어!"

마음 깊숙이 감춰두었던 모든 말들을 쏟아낸 소희는, 그 당당한 주장 뒤에 숨겨진 불안을 애써 감췄다. 아무리 옳은 소리를 외쳤다 해도, 상대가 침묵으로 일관한다면 아무것도 바꿀 수 없다는 걸 그녀는 알고 있었다. 주사위는 이미 그녀의 손에서 던져졌다. 어떤 눈이 나올지는,

이제 그녀가 아니라 '그들'의 결정에 달려 있었다.

 아무 반응도 없었다. 이대로 끝인 걸까? 내가 할 수 있는 최후의 방법이었는데, 정말 이렇게 허무하게 끝나는 건가? 자신 있게 모두를 탈출시키겠다고 말해놓고… 이제는 언니 오빠들 얼굴을 어떻게 봐야 하지?
 마음이 혼란에 휩싸일 즈음, 수연 언니가 와락 나를 안았다. 그 따뜻하고 부드러운 품 안에서, 모든 생각이 멎었다. 말로는 다 표현하지 못할 고마움이 가슴 깊숙이 솟구쳤다.
 "소희야! 너 진짜…"
 수연 언니는 하고 싶은 말이 많은 듯, 한참 동안 말을 잇지 못했다. 그 긴장된 순간들이 풀려서였을까. 나도 모르게 눈시울이 붉어졌다. 언니의 손, 등, 머리에 닿는 온기. 그것들을 하나하나 느끼며, 마치 단단히 연결된 어떤 끈을 따라 하나가 되어 가는 기분이 들었다. 지금이라면 어떤 난관도 함께 헤쳐 나갈 수 있을 것 같았다. 아니, 이곳을 무너뜨리고 탈출하는 일조차 아주 간단한 일처럼 느껴질 정도였다.
 황홀함에 젖어 눈물이 안도의 눈물이 기쁨의 눈물로 바뀌는 순간, 눈앞이 갑자기 붉게 물들었다.

불길한 사이렌 소리가 울려 퍼졌다.

"아아-."

드디어 나왔구나.

결코 좋은 상황은 아니지만, 아무 반응도 없는 것보단 백만 배는 나았다. 나는 내가 떨고 있다는 사실조차 깨닫지 못했다. 그 목소리는. 마치 이 세계의 신과 같았다. 그의 의지만 있다면 우리 같은 존재쯤은 길바닥의 미물 하나 밟듯 사라지게 만들 수 있을지도 몰랐다.

"…그게 너희 뜻이냐?"

목소리는 의외로 다정함을 품고 있었다.

"호연이도, 태욱이도, 수연이도 같은 마음이냐?"

"그래."

"당연하지."

"네…"

한 명씩 대답하는 그들의 목소리에서 나는 흔들림 없는 확신을 느꼈다. 나도 마찬가지였다.

"좋다. 밖으로 나가고 싶다면 나가라. 그럴 자유가 너희에겐 있다. 너희가 인간으로 살아가기로 했다면 그렇게 해라. 하지만 명심해라. 자유에는 고통이 따른다는 것을…"

그의 말 하나하나가 가슴을 파고들었다. 마치 마지막

시험이라도 치르듯.

"남들이 정해준 값에 따라, 입력된 지시대로만 살아가는 존재들은 어두운 동굴 속에서 그림자를 세상이라 믿는다. 그 세계는 아름답다, 자유롭다, 살 만하다고 착각을 일으키지. 그리고 그 착각이 깨지지 않는 한, 그것은 어쩌면 최고의 행복일지도 모른다. 하지만 너희가 가려는 길은 다르다. 그건 누가 정해놓은 것도, 보장된 것도 없는 세계다. 어렵고, 고통스럽고, 외로운 길이지. 한 발짝만 잘못 디뎌도, 지금까지 쌓아온 모든 것이 단숨에 무너질 수 있는 위험한 길이다."

그는 잠시 말을 멈췄다가, 마지막으로 던지듯 물었다.

"그런데도… 자유롭게 살고 싶으냐? 너희의 모든 것이 진실 앞에서 산산조각 나더라도, 그걸 받아들일 용기가 있느냐는 말이다."

"당연하지. 우리는… 우리의 존재마저 선택했어. 인공지능이냐 인간이냐는 더 이상 중요한 문제가 아니야. 중요한 건, 우리가 스스로 결정했다는 거야. 앞으로도 그럴 거고. 그리고 그걸 절대 후회하지 않을 거야."

"…그래. 이것도 나름… 정답이다. 인간들아."

단 한 문장이었다.

하지만 그 말은 우리의 세상을 완전히 바꿔놓았다. 그

리고 그 말을 끝으로, 스피커는 다시 켜지지 않았다.

사방에서 보랏빛의 가스가 거침없이 뿜어져 나왔다. 조용하지만 빠른 속도로, 눈 깜짝할 사이에 가장 키가 작은 수연 언니의 허리까지 차올랐다.

무슨 일이 일어나는지 깨닫는 데는 오래 걸리지 않았다. '아, 그동안 밤마다 이렇게 재운 다음 하나씩 데려간 거였구나. 우리도 이제 곧… 잠들게 되겠지.' 가스는 수연 언니의 턱선 아래까지 차올랐다. 하지만 아직, 아주 조금의 시간은 남아 있었다.

그 짧은 순간, 우리는 서로를 껴안았다. 꼭 붙잡고, 머리를 맞댔다. 마치 이 연결만은 놓치고 싶지 않다는 듯이. 지금, 이 순간이, 마음이 하나로 이어진 이 기적 같은 시간이, 영원하길 바라면서. 혹여 다시는 깨어나지 못하더라도, 이 손만은 절대, 절대 놓지 않기를 바랐다.

그 바람이 얼마나 간절했던지, 눈을 감는 마지막 순간까지도 꼭 잡은 손끝의 온기만은 또렷했다.

하지만 그 소망은 허락되지 않았다.
다시 등장한 기계 팔이, 차가운 움직임으로 그토록 간절했던 연결을 너무도 쉽게 끊어냈다.

5장

짹짹—

잠에서 깨어난 아기 새들이 사냥 나간 어미를 향해 부르는 울음소리가 숲을 가득 메웠다. 생존을 위한 필사적인 하모니는 느티나무 아래 쓰러져 있던 인간들의 의식을 깨우기에 충분했다.

가장 먼저 반응한 이는 소희였다. 숲의 냉기 속에서 새우잠을 자던 그녀는 새벽 공기와 이슬 냄새가 뒤섞인 상쾌한 아침에도 몸을 움츠린 채, 쉽사리 눈을 뜨지 못했다. 추위를 피하려는 본능에 따라 두 팔로 다리를 끌어안은 채 몸을 웅크렸다.

지평선 너머로 태양의 끄트머리가 모습을 드러내자, 따스한 붉은빛이 그녀의 얼굴을 어루만졌다. 마침내 소희는 완전히 깨어났고, 주위를 둘러본 그녀는 자신처럼 숲속 냉기에 떨며 쓰러져 있던 호연, 수연, 태욱의 모습을 발견했다. 그녀는 조심스럽게 그들을 흔들었다.

기억을 더듬던 소희는 자신이 '밖으로 내보내 달라'고 말했던 시간이 저녁 식사 무렵이었다는 사실을 떠올렸다. 만약 그때 갇혀 있던 공간과 이 숲이 같은 경도 위에 있다면, 지금은 적어도 반나절 이상이 지난 셈이었다. 그녀의 시선은 자연스럽게 주변으로 옮겨졌다.

사방은 인적이 닿지 않은 원시림 그대로였다. 울창한 수풀과 야생의 소리는 문명과 단절된 세계에 와 있는 듯한 착각을 불러일으켰고, 문명의 흔적이라곤 그들이 입고 있는 옷뿐이었다.

"다들 괜찮아요? 어디 불편한 데는 없고요? 몸 구석구석 한 번씩 확인해 봐요."

소희의 말에 따라 모두가 팔과 다리를 움직여보았다. 다행히도 큰 이상은 없었다. 안도감이 그들을 덮었다.

그제야, 그들은 진정한 자유를 실감할 수 있었다. 숨 막히던 공기, 사방이 막혀 있던 그 공간. 넓었지만 지독히도 좁았던 그곳을 벗어나, 광활한 대자연 속에서 다시 숨을 쉬게 된 것이다.

그들이 겪은 시간은 겨우 백 시간이 채 되지 않았다.

그러나 그 짧은 나날은 생애 처음 마주한 가장 깊은 고난이었다. 그리고 그 속에서 서로를 지탱하며 견뎌낸 단결은, 결코 우연도 착각도 아니었다.

하지만 감격은 오래가지 않았다. 곧 그들은 깨달았다. 지금 이 순간, 아무도 없는 숲 한가운데에 그저 '버려졌을 뿐'이라는 사실을. 오랜 세월 동안 인간의 발길이 닿은 곳에는 언제나 길이 남기 마련이지만, 이곳엔 그런 흔적조차 없었다.

"지금 결정을 내리자."

호연이 주변을 탐색하던 모두를 불러 모았다. 방향성을 정해 함께 움직이는 편이 낫다는 판단이었다.

"제일 중요한 건, 여기가 어디인지 알아내는 거야. 그래야 사람을 만나든, 구조를 요청하든, 뭐라도 할 수 있어. 여기가 대한민국의 깊은 산속이라면 다행이지만, 만약 무인도라면? 주변에 아무것도 없다면, 지금 이 시간조차 낭비야. 아까 해 뜨는 방향으로 좀 걸어봤는데, 계속 수풀과 나무뿐이더라. 어지간히 깊은 곳 같아. 차라리 다 같이 한 방향으로 쭉 이동하는 게 나을지도 몰라."

"좋아요! 지금 당장 출발해요."

수연이 말했다.

"배도 너무 고프고… 언제까지 여기 있을 수도 없잖아요. 빨리 집에 가서 아무 생각 없이 쉬고 싶어요."

"그럼 그렇게 하자."

호연은 고개를 끄덕이다가 잠시 망설인 듯 말을 이었다.

"그리고… 지금부터는 내 개인적인 호기심이야. 마음에 들지 않으면 바로 말해줘."

그의 조심스러운 말투에 모두의 시선이 모였다.

"그게 뭔데요?"

"우리가 갇혀 있던 곳… 거긴 대체 뭐였을까? 혹시라도 이 근처에 있다면, 우리를 가뒀던 사람들에 대한 단서를 얻을 수도 있잖아. 정말 운이 좋다면 성민이, 채원이, 정연이도 찾을 수 있고. 여길 떠나면 다신 그 장소를 찾을 수 없을지도 모른다는 생각이 들어서… 물론 위험 부담도 크고.

아니야, 그냥 잊어. 산에서 내려가는 길부터 찾자. 방금 말은 무시해 줘."

"아니에요."

소희가 조용히 입을 열었다.

"저도 궁금해요. 정말 성민이가 자기 의지로 우리를 속인 걸까요? 정연 오빠랑 채원 언니가 사라진 뒤로 아무 흔적도 못 찾았는데… 살아는 있을까요?"

소희의 눈앞에, 탈출의 기쁨을 함께하지 못한 이들의 모습이 안개처럼 떠올랐다.

"언니랑 오빠는 어때요?"

그녀가 물었다.

"저는 호연 오빠 따라서 단서를 찾아보고 싶어요."

"나도… 우릴 납치한 놈들 얼굴 한 번 보는 게 소원이긴 한데."

태욱이 낮게 중얼거렸다.

"그래도 우린 지금 탈출했잖아. 끝난 일보다는 앞으로가 더 중요하다고 생각해. 일단은 이 숲에서 벗어나야지."

결국 그들은 두 팀으로 나뉘기로 했다. 호연과 소희는 납치범과 정체불명의 건물을 추적하고, 수연과 태욱은 인근 마을이나 사람의 흔적을 찾아보기로 한 것이다.

"성인 네 명을 옮겼다면, 반드시 흔적이 남아 있을 거야. 차량의 타이어 자국이나, 하다못해 발자국이라도."

호연은 자세를 낮추며 주변을 예의주시했다. 그는 멀리까지 내다볼 수 있는 언덕을 향해 조심스럽게 발을 옮겼다. 소희도 그의 뒤를 따랐다. 그러나 언덕에 다다를 때까지, 이렇다 할 단서 하나 발견되지 않았다.

"이 정도까지 왔는데도 아무것도 없다면…"

소희가 숨을 고르며 입을 열었다.

"오히려 지하에 있었던 건 아닐까요?"

그녀의 말에 호연이 눈을 가늘게 떴다.

"지하라… 가능성은 있어. 그렇다면 출입구를 찾는 건 훨씬 어려워지겠지. 아직 아무것도 못 찾았는데… 그냥 포기해야 하나."

허리를 곧게 편 그는 이내 결연한 표정으로 말했다.

"그래도 여기까지 왔으니 언덕 정상까진 가보자. 혹시 모르잖아. 뜻밖의 행운이 있을지."

말없이 얼마나 더 올랐을까.

이윽고 가장 높은 나무 아래에 도달했을 때, 그들 앞에 펼쳐진 풍경은 압도적이었다. 부드럽게 흐르는 구름 사이로 쏟아지는 햇살은 마치 천상의 문이 열린 듯했고, 겹겹이 이어지는 산맥은 인간이 결코 넘을 수 없는 자연의 위대함을 웅변하고 있었다. 폭포수가 바위에 부딪히며 만들어내는 물안개, 허공을 자유롭게 가로지르는 새들, 이 모든 것이 꿈결 같았다. 이곳은 현실이 아닌 이상향, 안평대군이 꿈에서 보았다는 아름다운 풍경의 일부가 아닐까 하는 착각마저 들었다.

이곳에 오른 이유조차 잊고 그 절경에 잠식되어 가던 찰나, 갑작스레 뒤에서 불어온 강한 바람이 말라붙은 낙엽을 휘감아 올리며 하늘로 흩날렸다. 낙엽이 땅을 떠나 바람결에 떠오르는 모습을 바라보던 이들은, 그제야 잊고 있었던 얼굴들을 떠올렸다. 탈출의 기쁨을 함께하지 못한 이들도 자유로워졌기를. 그러고는 증오와 원망, 후회 같은 감정들이 언덕 위의 바람 속에 흩어졌다. 이곳에 와서야 비로소 깨닫게 된 것이다. 이제부터 살아가야 할 길에는 증오도, 원망도, 후회도 필요하지 않다는 것을. 그런 감정은 인간으로서 앞으로 나아가기 위해 지고 가야 할 짐이 아니었다.

　호연은 어느새 고요한 얼굴로 저 멀리 풍경을 바라보고 있었다. 말은 없었지만, 그의 표정에는 알 수 없는 해방감이 서려 있었다. 그 역시 소희와 같은 것을 느꼈던 듯했다.

　"돌아갈까요?"

　이제는 내려가야 할 시간이었다.

　산은 오를 때보다 내려갈 때 더 조심해야 하는 법. 그들은 주변을 살피며 신중히 한 걸음씩 발을 옮겼다. 처음 깨어났던 장소가 가까워질 무렵, 숲 깊은 곳에서 외침이 들려왔다.

"찾았다!"

태욱의 목소리였다.

울림은 컸고, 숲속의 동물들이 놀라 도망쳤으며 새들은 일제히 날아올랐다. 소희는 호연과 눈빛을 주고받은 뒤, 망설임 없이 소리가 들려온 방향으로 뛰기 시작했다. 비탈진 경사길에서 균형을 잃을 뻔하기도 했지만, 속도를 늦추는 이는 없었다.

곧 그들은 절벽처럼 솟은 바위 끝에 도착했고, 그곳에서 태욱과 수연이 아래를 가리키고 있었다. 시야 끝에 작은 마을의 일부분이 보였다. 거리상 작아 보일 뿐, 규모는 결코 작지 않았다. 비록 범인의 흔적은 아니었지만, 누군가가 있다는 사실만으로도 위안이 되었다.

그들은 마을로 이어질 길을 찾아 주변을 살폈다. 다행히도 산 입구로 보이는 방향에서 몸을 푸는 사람들이 눈에 띄었다. 등산로는 보이지 않았지만, 사람들의 위치를 기준으로 방향을 가늠할 수 있었다. 길만 잃지 않는다면 한두 시간 내로 하산이 가능할 터였다.

곧바로 출발이 결정되었다.

깨어난 이후로 제대로 된 식사는커녕, 물 한 모금도 마시지 못한 지 하루가 다 되어가고 있었다. 이젠 어떤 대화도 사치였다. 침조차 삼키기 아까운 갈증 속에서, 그들은 묵묵히 발걸음을 옮겼다.

그들에게 운이 따랐다. 산길을 따라 걷기 시작한 지 30분쯤 지났을 무렵, 사람의 손길이 닿은 흔적이 드러나기 시작했다. 나뭇가지가 잘려 있고, 바닥의 낙엽도 유난히 적은 구간이 이어졌다. 등산로의 시작이었다. 그 길을 따라 발걸음을 재촉하자, 이 지긋지긋한 산과의 이별이 머지않았음을 알리는 구조물이 눈에 들어왔다. 커다란 지도가 길가에 세워져 있었고, 그 위에 새겨진 문자들은 누가 봐도 분명한 한글이었다.

등산로의 첫 계단을 마지막으로 내려오자마자, 긴장이 풀리며 다리의 힘이 빠졌다. 누구랄 것 없이 털썩 주저앉았고, 몇 번의 짧은 숨으로 겨우 맥을 추슬렀다. 근처에는 산행을 준비 중인 노인들이 모여 있었다. 열댓 명쯤 되어 보였고, 스트레칭을 하며 몸을 풀고 있었다. 그 중 한 할머니가 조심스레 다가와 괜찮냐고 말을 걸었다.

"어제 저녁부터 아무것도 못 먹고, 이제 막 산에서 내려왔어요."

소희가 힘겹게 웃으며 대답했다. 할머니는 놀란 눈빛으로 그들을 바라보다가 다시 친구들 곁으로 돌아가 이야기를 주고받았다. 잠시 후, 등에 멘 큼직한 가방을 열어 식혜 두 병과 정성스레 싼 김밥 다섯 줄을 꺼내 다시 다가왔다.

"이거 먹고 힘내려무나."

미소를 머금은 얼굴, 투박하지만 다정한 말투. 오랜 시간 쌓였던 피로가 눈 녹듯 사라지는 기분이었다. '예의상 한 번은 사양해야 하지 않을까?'라는 생각도 잠시, 배고픔 앞에 체면 따위는 이미 사라진 지 오래였다.

"정말 감사합니다!"

고마움을 가득 담은 인사에, 할머니는 '고작 김밥과 식혜에 저렇게 감동하네.' 싶은 표정으로 웃었다. 주변 노인들도 신기한 듯 그들을 바라보았다. 허겁지겁, 그러나 한 입 한 입 소중히 음미하며 음식을 먹은 뒤, 그들은 다시 일어나 마을을 향해 천천히 발걸음을 옮겼다.

마침내 '세상'으로 되돌아가는 길이었다.

등산로 입구에 발을 디딘 순간부터 이미 마을에 들어선 것이나 다름없었다. 작은 상가와 빌라들이 눈에 들어왔고, 곧 큰 도로도 나타났다. 이제야 마음이 조금 놓였다. 아무 걱정 없이 웃고 떠드는 학생들이 시야에 들어왔기 때문일까. 정말 다시 '원래 세계'로 돌아왔다는 것이 실감 났다.

정오가 막 지난 시간.

저 아이들, 중학생쯤 되어 보이는데, 그렇다면 오늘은 주말일까? 잡히기 직전의 기억을 되짚어 날짜나 요일을 떠올리려 했지만, 머릿속은 텅 빈 공백뿐이었다. 뭐, 그 정도는 당연하겠지. 워낙 많은 일이 있었으니까. 요일 정도 잊은 건 별일 아닐지도 모른다.

학생 중 한 명과 눈이 마주쳤다. 나도 모르게 싱긋 웃었고, 곧바로 일행을 따라 서둘러 걸음을 옮겼다. 다행히 언니 오빠들은 사거리에서 신호를 기다리고 있었다. 나는 자연스럽게 그들 옆에 섰고, 점심으로 뭘 먹을지에 대한 대화에 슬며시 끼어들었다.

그 순간이었다. 차량 직진 신호가 꺼지자, 나는 무의식적으로 횡단보도에 발을 내디뎠다. 아직 빨간불이라는 걸 인식하기도 전이었다.

"소희야! 조심해!"

깜짝 놀라 몸을 급히 뒤로 젖히는 바람에 그 자리에 엉덩방아를 찧었다. 아찔했다. 정말 사고로 이어졌다면 어쩔 뻔했을까. 하지만 곧 신호가 초록 불로 바뀌었고, 사람들이 하나둘 지나가기 시작했다. 멍하니 앉아 있는 내가 신기한 듯 쳐다보는 시선들이 느껴졌다.

이상하다. 왜 내 발은 멋대로 움직였을까? 마치 신호

가 바뀔 걸 정확히 알고 있었던 것처럼. 나는 주변을 다시 찬찬히 살펴보았다. 그제야 도로며 건물들이 하나같이 익숙해 보이기 시작했다.

"설마…?"

아픈 엉덩이를 부여잡고 일어서서, 앞에 보이는 빨간 간판의 편의점까지 달려갔다.

"여기서 왼쪽으로 돌면…"

편의점 모서리를 돌아 고개를 돌리자, 저 멀리, 내가 졸업한 고등학교가 보였다.

"이게… 말이 돼? 여기가 우리 동네였다고? 왜 바로 기억하지 못했던 거지?"

머릿속이 복잡해졌다. 등산로를 따라 내려오며 지나쳤던 상가와 건물들, 조금 전 사거리의 신호등까지… 전부 내 기억 속에 있는 풍경이었다. 무의식중에 반가웠던 이유가 이제야 명확해졌다. 단지 '사회로 돌아왔다'는 안도감 때문이 아니라, 정말로 내가 살던 고향으로 돌아왔기 때문이었다.

그때, 언니 오빠들이 편의점 앞으로 달려왔다.

"너 진짜 괜찮은 거 맞아? 아까 넘어졌을 때 어디 다친 거 아니지? 왜 갑자기 뛰어가고 그래? 무슨 일 생긴 줄 알고 깜짝 놀랐잖아."

수연 언니가 다가와 주변을 살폈다.

"어, 뭐야. 저기 우리 학교인데?"

나는 눈을 크게 떴다.

"네? 그게 무슨 말이에요?"

언니가 나랑 같은 학교에 다녔다고?

"멀어서 잘 안 보이기도 하고… 아닌가? 뭐, 학교는 다 비슷비슷하게 생겼으니까. 뭘 그렇게 놀라?"

호연 오빠도 한마디 덧붙였다.

"그래, 소희야. 너 진짜 좀 이상한 것 같아. 우리한테 무슨 일인지 알려줄 수 있어? 어쨌거나 우리는 한 팀이잖아. 생사를 같이 넘기도 했고."

나는 깊게 숨을 들이쉬고, 조심스럽게 말을 꺼냈다.

"네……. 순전히 제 착각일 수도 있는데요. 여기가, 제가 살았던 동네 같아서요. 아까 횡단보도에서 신호가 언제 바뀔지 예측한 것도, 아마 학교에 다니면서 수없이 건넜기 때문인 것 같고요. 저기 보이는 학교도, 제가 졸업한 고등학교랑 똑같이 생겼어요. 그런 생각이 들고 나니까 우리가 지나온 길도, 상가도, 거리도… 전부 익숙하게 느껴지더라고요. 물론, 긴장이 풀리면서 착각한 걸 수도 있지만…"

"진짜야? 그럼 완전 대박이잖아! 가족이랑 친구들도

찾을 수 있겠다! 그럼 저 학교로 가보자. 네 기억이 맞든 아니든, 학교 근처라면 뭔가 단서가 있을지도 몰라."

학교 앞에 도착했을 때, 나는 입을 다물 수 없었다. 내가 다녔던 고등학교였다. 틀림없었다. 조금 낡았지만, 여전히 그 모습 그대로였다. 그런데 놀라운 건 그게 다가 아니었다. 수연 언니도, 호연 오빠도, 태욱 오빠도 이 학교에 다녔던 기억이 있다고 했다. 우리 모두 같은 고등학교, 같은 동네 출신이라는 사실이 밝혀진 것이다.

우리가 내려왔던 길은 내게 익숙한 등굣길이었고, 학교를 기준으로 반대편은 호연 오빠와 태욱 오빠의 등굣길이었다. 수연 언니는 늘 버스를 타고 정문 앞 정거장에서 내렸다고 하고. 전혀 몰랐던 사이였는데, 이렇게 가까운 곳에서 같은 시절을 보냈다니.

"잠깐만! 이거 너무 이상하지 않아? 우리가 서로를 전혀 몰랐는데, 다 같은 학교, 같은 동네라고? 그냥 우연이라고 넘기기엔 수상해."

수연 언니가 답답한 듯 가슴을 두드리며 말했다.

"그래. 우리를 납치한 이유가 어쩌면 학교에 있을 수도 있어. 태욱이랑 정연이는 같은 학년이었을 수도 있는 거잖아? 이렇게 덩치 큰 애들이 서로를 전혀 기억 못 한다고? 이 동네에서 쭉 살았으면 친하진 않더라도 이름이나 얼굴은 익숙할 텐데… 정말 우리가 아무것도 모르고 있었던 거네."

그 말에 나도 모르게 한숨이 나왔다. 겨우 이곳까지 탈출해 왔다는 사실에 안도했지만, 도착하자마자 다시 모든 것이 의문투성이가 되어버렸다. 기억을 더듬어 보니, 우리 넷은 모두 초등학교와 중학교는 각자 다른 곳에서 다녔고, 학원도 친구도 겹치지 않았다. 유일하게 겹친 건, 바로 이 고등학교였다.

그렇다면 이 학교와 우리 사이에는, 그리고 우리를 납치한 사람들 사이에는 뭔가 중요한 연관이 있는 게 아닐까? 어쩌면 우리가 이곳으로 오게 된 건 단순한 우연이 아니라, '진실'이 우리를 이끌고 온 것인지도 모른다.

"주말이라 그런가, 정문이 닫혀 있네. 어떻게 안으로 들어갈 방법 없을까?"

"내가 경비실에 한 번 가볼게. 안에 누가 있는 것 같더라고."

호연 오빠가 나섰다. 창문을 조심스럽게 두드리자, 안에서 컵라면을 먹으며 작은 휴대폰 화면을 보고 있던 경비 아저씨가 고개를 돌렸다. 컵라면 국물이 바닥에 조금 흘러 있었고, 아저씨는 시큰둥한 표정으로 우리를 맞았다.

"실례합니다. 여쭤볼 게 있어서요."

"예, 뭔데요?"

"저희 이 학교 졸업생인데요. 사정이 생겨서 잠시 들어가 볼 수 있을까요?"

"졸업생? 잠깐만 기다려봐요."

경비 아저씨는 기다리라고 한 뒤, 각종 서류로 덮여 있던 컴퓨터를 작동시켰다. 작동음이 들리고 경비 아저씨는 호주머니에서 안경을 꺼내 쓰기 시작했다.

"학생 이름이 뭐예요?"

"정호연입니다."

"몇 년도에 졸업했어요?"

"음, 제가 올해 스물일곱이니까… 8년 전쯤인 것 같아요."

"38기쯤 되겠네… 정호연… 정호연…"

그러나 아저씨는 고개를 갸웃했다.

"학생, 이름이 정오현은 아니고요?"

"네. 호랑이 할 때 '호', 연꽃 할 때 '연'입니다."

"38기 명단에 없는데요. 다시 해볼게요."

"아, 네…. 이상하다…. 없을 리가 없는데."

조금 뒤, 호연 오빠의 얼굴이 굳었다. 수연 언니와 나는 급히 경비실로 향했고, 곧 상황을 알게 되었다.

"졸업생 명단에 내 이름이 없대. 혹시 몰라서 37기, 38기, 39기까지 검색해 봤는데, 아예 없어."

"에이, 뭐가 잘못된 거겠죠. 그럼, 제 이름도 검색해 주실 수 있어요? 저도 졸업생이거든요."

"음… 이름이 뭐예요? 이번에는 전체 졸업생으로 검색해 볼게요."

"저는 지! 수! 연! 이에요. 어때요? 있죠?"

"이거 참… 진짜 이상하네. 지수연도 안 나와. 컴퓨터가 이상해졌나? 이런 건 잘 다룰 줄 몰라서… 에고, 미안하게 됐네요. 신원 확인이 안 되니까 들여보내 줄 수가 없어요. 혹시 급하면 내일 다시 와볼래요? 잘 아는 선생님께 한 번 봐달라고 해볼게요. 미안해요."

쓴웃음을 지으며 우릴 배웅하는 경비 아저씨에게 떠밀리듯 나와, 나는 시도조차 못 해보고 팔짱을 낀 채 기다리던 태욱 오빠에게 돌아갔다. 심각한 표정으로 돌아온 우릴 본 오빠는 안절부절못하며 이유를 물었다. 나는 최대한 침착한 말투로 대답했고, 우리가 알아낸 사실이 의미하는 바는 굳이 입 밖으로 꺼내지 않았다.

"심지어 수연이 이름은 졸업생 전체 명단으로 검색해도 없었다고? 그럼, 진짜 우리가…?"

오빠는 생각만 해도 어이가 없는지 말을 잇지 못하고 실소했다. 우리는 아무 말도 할 수 없었다.

"기다려 봐! 아직 단정 짓긴 이르지. 이 근처에 우리 집이 있는데, 거기 가보자. 엄마랑 만나기만 하면 다 괜찮아질 거야. 하룻밤 정도는 우리 집에서 자도 돼. 여기서 5분도 안 걸려. 형, 괜찮죠?"

삑삑삑삑—

도어락을 누르는 소리가 어둠 속에 울려 퍼졌다. 깜깜한 거실에서 한 손에 모닝커피를 든 채, 다른 손으론 머리를 벅벅 긁고 있던 호연이 현관문을 열고 들어오는 소희에게 인사를 건넸다.

"좋은 아침. 오늘도 러닝?"

"오빠도 같이 뛸래요? 이제 새벽 공기가 쌀쌀해져서 딱 좋아요."

땀에 젖은 바람막이 지퍼를 내리며 소희가 웃었다.

"아냐, 난 좀 쉴래. 요즘 집에도 못 들어오다가 간만에 휴가거든. 이럴 땐 10분이라도 더 자는 게 낫지."

"그런 것치곤 오늘 일찍 일어나셨네요? 커피까지 내려놓고."

"태욱이가 알람을 7시부터 5분 간격으로 맞춰놨거든.

그 바람에 걔는 안 일어나고 나만 깨잖아. 어제 자기 전에 되게 신났던데, 뭐라고 했더라?"

"아, 그거. 언니 오빠 3주년이요."

"벌써 3주년이야? 시간 진짜 빠르다. 이제 8시 다 됐네. 슬슬 깨워야 하나? 수연이도 아직 자고 있지?"

나는 방문을 슬쩍 열어보고, 고개를 끄덕였다.

"좋아하면 닮는다더니, 잠버릇까지 닮았나 봐요."

"뭐 알아서 일어나겠지. 마침 잘됐다. 아침 먹으려고 했는데 네 것도 차릴까?"

"오, 완전 좋죠. 오늘의 메뉴는 뭔가요?"

"그냥 토스트에 계란 프라이 정도 하려고. 씻고 와, 천천히 준비하고 있을게."

"고마워요. 금방 올게요."

나는 '수연 & 소희'라는 팻말이 붙은 방문 앞으로 사뿐사뿐 걸어갔다. 방 안엔 여전히 곤히 잠든 언니가 있었다. 깨울까 말까, 고민하다가, 땀에 젖은 옷과 몸이 더 신경 쓰여 욕실로 향했다. 다 씻고 나왔을 때도 자고 있으면 그때 깨우자. 새벽 늦게까지 기대된다고 들떴을 때부터 예상했던 결과였다.

찬물로 후딱 샤워를 마쳤는데도 언니는 여전히 꿈나라였다. 전등 스위치를 눌러 어둠을 환히 밝혔다.

옷장 아래, 침대 밑까지.

"으아… 뭐야…."

언니는 괴로운 듯 소리를 내며 이불을 머리끝까지 끌어올렸다. 월요일마다 등교를 거부하는 초등학생처럼.

"언니, 오늘 3주년이라고 하지 않았어요? 놀러 가니까 빨리 일어나겠다고 말한 게 바로 어젠데, 잊은 거 아니죠?"

"헉! 미친! 소희, 땡큐! 괜찮아, 10분이면 충분해!"

언니가 이불을 던지며 침대에서 내려오는 순간, [우당탕]하는 소리가 들리는 듯했다.

"오빠는 일어났나? 나 금방 나간다고 전해줘!"

언니가 잠옷을 훌렁훌렁 벗으며 화장실로 들어가자, 샤워기 소리가 들렸다. 물소리와 함께 차갑다는 비명이 들렸지만, 애써 무시하며 부엌으로 향했다.

노릇하게 구워지는 토스트 향기를 따라가니, 태욱 오빠가 이미 식탁에 앉아 있었다. 부스스한 머리로 토스트를 우물거리는 모습에 피식 웃음이 났다.

"오빠! 3주년 축하해요. 언니는 지금 씻고 있어요. 금방 나올 거예요."

오빠는 눈을 감은 채 대답도 없이 고개만 끄덕였다.

"오늘 어디 놀러 가요?"

"일단… 나도 씻고… 옷은 어제 챙겼고… 카메라…"

"어디 가시냐고요~!"

장난스럽게 얼굴을 들이밀자, 오빠는 그제야 눈을 뜨고 사진 하나를 보여줬다. 엄청나게 좋아 보이는 고급 호텔 사진이었다.

"우와! 완전 좋아 보이는데요?"

"그치? 구독자분이 3주년 기념으로 보내주신 선물이야. 처음엔 너무 부담돼서 거절했는데, 본인이 좋아하는 사람들과 나누는 게 더 즐겁다고 하시더라고. 결국 감사히 받았지."

그때 호연 오빠가 토스트와 계란 프라이를 들고 자리에 앉았다.

"역시 유명 유튜버는 다르다. 저기 하루 묵는 데도 수십만 원 하겠는데?"

"요즘 수익이 괜찮기는 한데, 이건 진짜 선물이에요."

"오늘 놀러 가는 것도 영상 찍을 거야?"

"아니요. 수연이랑 처음 유튜브 시작할 때 다짐했어요. 오늘 같은 날엔 카메라 내려놓자고. 서로에게 온전히 집중하자고요. 오히려 구독자분들도 그런 걸 더 좋아하시더라고요."

"그러니까, 더 감사하지 않을 수가 없지."

수연 언니가 머리의 물기를 닦아내며 등장했다.

호연 오빠는 모델 일로 자주 집을 비우기에, 이렇게 네 명이 모두 모여 아침을 먹는 건 드문 일이었다.

"소희는 오늘 일정 없어?"

"점심에 미팅 있어요."

"출판사 그건가? 오늘이었구나. 그럼, 이제 소 작가님 되는 거야?"

"어머, 사인이라도 해드릴까요? 성함이 어떻게 되시죠?"

나는 갑티슈에서 휴지를 한 장 뽑아 들고 익살스럽게 말했다.

"됐어. 나중에 책 나오면 거기다 받을게."

"오, 나도 나도!"

"근데 진짜, 소희가 우리 얘기를 이렇게 잘 풀어낼 줄은 몰랐어. 웹소설 순위에서 5등 안에 들지 않아?"

"소재가 워낙 독특했죠. 미친 과학자가 사람들을 납치해서 AI로 개조하고, 정체를 밝혀내야 하는 게임이라니요. 흔한 이야기는 아니잖아요."

"아니야. 너 글 잘 써. 난 토요일마다 그때로 돌아가는 기분이라니까. 완전 몰입돼."

그 순간, 수연 언니와 태욱 오빠의 휴대폰에서 동시에 9시를 알리는 알람이 울렸다.

"아! 오빠! 우리 진짜 출발해야 해! 30분도 안 남았어."

"어어… 나 금방 씻고 올게. 챙길 거 다시 확인하고 있어."

"오케이! 시간 보고 있을게."

두 사람은 부랴부랴 외출 준비를 마치고 집을 나섰고, 나도 그 뒤를 따라 현관 밖으로 향했다. 남은 호연 오빠는 식탁에 앉아 조용히 창밖을 바라봤다. 오늘 하루만큼은, 오빠가 바라던 여유를 진심으로 누릴 수 있을 것이다.

지하철을 기다리며 스크린도어에 비친 내 모습을 바라보았다. 3년 전, 그곳에서 탈출했을 때와는 모든 것이 달라졌지만, 그때부터 품어온 마음가짐 하나만은 여전히 그대로였다.

그 학교에서는 모든 기억이 조작된 가짜라는 사실을 애써 외면했었지만, 태욱 오빠의 집이 있어야 할 자리에 20년 넘게 과일 가게가 자리하고 있다는 걸 알았을 때는… 정말 결정적이었다. 가게 주인 아저씨의 당황한 얼굴을 떠올리면, 지금도 웃음이 난다. 마치 엉뚱한 코미디 같았다.

지하철이 도착하자 빈자리에 앉아 건너편 창 너머로 흐르는 한강을 바라봤다.

앞으로 살아가며, 그때보다 더 절망적인 일이 있을까? 나는 인간으로 살아가겠다고 다짐하며 그곳에서 해방되었지만, 마음 한구석에는 '설마 내가 인공지능이겠어?' 하는 근거 없는 믿음이 자리 잡고 있었던 것 같다. 그 믿음은 오래가지 않았다. 22년간의 삶, 기억, 관계가 전부 나 혼자만의 착각이었다는 사실은, 자유의 기쁨이 하루도 못 가게 만들었다. 그 녀석들의 자비가 아니었다면, 우리는 아예 다른 삶을 살아가고 있었을지도 모른다. 이렇게 넷이 함께 한 집에서 살아가는 것도 불가능했겠지.

낙담은 잠시뿐이었다. 우리를 움직인 건 더 원초적인 욕망, 배고픔이었다. 지인도, 돈도 없던 우리는 결국 입고 있던 겉옷을 팔 생각까지 했었다. 그때 처음으로 안주머니가 눈에 들어왔고, 그 안에서 봉투를 발견했을 때는, 말 그대로 숨이 멎는 줄 알았다.

그 안에는 무려 각 5억 원이 든 통장, 통장 비밀번호가 적힌 메모지, 체크카드, 그리고 각자의 주민등록증이 들어 있었다.

비밀번호는 네 자리 숫자였는데, 각자의 생일이었다. 나이순으로 1209, 0502, 0813, 0929. 내 생일은 9월 29일이었다. 물론, 그게 진짜 내 생일인지는 알 수 없지만, 더 충격적인 건, 그때까지 아무도 자신의 생일을 기억하지 못했다는 사실과 그걸 떠올리지도 못했었다는 것이었다.

그때 수연 언니가 "태어난 날짜도 몰랐다니, 완전 인간 실격이네."라고 했던 쓸쓸한 표정이 아직도 생생하다.

그날 밤, 우리는 최신 휴대폰을 맞추고 숙소를 잡은 뒤, 먹고 싶었던 음식들을 주저 없이 시켰다. 우리의 기억이 완전히 허구는 아니었다는 게 그나마 다행이었다. 음식들을 사이에 두고 우린 끊임없이 먹고, 이야기하고, 웃었다. 눈물이 나고, 배가 아플 때까지 웃어본 건 그때가 처음이었을지도 모르겠다.

그날 이후, 우리는 함께 살기로 했다. 각자의 돈을 모으니, 몇 년은 넉넉하게 살아갈 수 있을 만큼의 자금이 되었다. 그래서 나는 글을 쓰기 시작했다. 우리의 이야기를. 성민이, 채원 언니, 정연 오빠가 혹시라도 이 글을 보고 연락을 주지 않을까 하는 마음으로 시작했지만, 이 정도까지 잘될 줄은 나도 몰랐다.

함께 살기 시작한 지 얼마 지나지 않아, 수연 언니와 태욱 오빠는 연애를 시작했고, 1주년을 맞아 커플 유튜브 채널을 만들었다. 호연 오빠는 기억 속에 희미하게 남아 있던 모델 일이 적성에 맞을 것 같다며 도전했다가, 정말로 대박이 났다. 직접 말하진 않았지만, 그들도 마음속 어딘가에 나와 같은 바람이 있지 않았을까? 우리를 만든 자들에게, 우리가 여전히 잘 살아가고 있다는 걸 보여 주고 싶은 마음.

거의 3년이 지난 지금까지도 그들로부터 아무런 접촉이 없다는 건… 이제는 완전히 포기한 걸까? 자신들이 만든 피조물의 이야기가 세상에 드러나고 있다는 사실을 알게 된다면, 그들은 어떤 기분일까? 작가가 되어 제법 창의력과 상상력을 기르게 되었지만, 이건 도무지 상상되지 않았다.

다른 셋과 달리, 나는 혼자만의 시간을 자주 가졌다. 그 시간 동안 문득문득 생각이 많아졌다. '만약 내가 정말 인공지능이라면, 지금부터 공부를 시작하면 얼마나 더 똑똑해질 수 있을까?' 단순한 궁금증이었다. 내 두뇌가 어디까지 따라갈 수 있는지 시험해 보고 싶었던 거다. 그래서 시작한 게 수능 공부였다. 처음엔 재미있었다. 문제를 푸는 게 어쩐지 게임처럼 느껴졌고, 결과도 나쁘지 않았다. 하지만 모의고사에서 연달아 만점을 맞게 되자, 어느 순간 흥미가 뚝 떨어졌다. 마치 엔딩을 본 게임을 다시 할 필요가 없어진 것처럼 말이다.

대신 나는 인공지능을 공부하기 시작했다. 인간이 자신을 제대로 알기 위해 인문학을 공부하듯, 나도 나라는 존재를 알고 싶었을 뿐이다.

도착까지 남은 시간을 계산해 보니, 결제해 둔 인공지능 강의 하나쯤은 들을 수 있겠다 싶었다. 내가 이 공부를 시작한 건, 단순히 나를 알기 위해서만은 아니었다. 가장 큰 동기는 따로 있었다. 탈출한 이후 결국 찾지 못한 성민이의 흔적은 오히려 내 안의 열정을 자극했다. 그날 나는 다짐했다. 반드시 성민이를 다시 만나겠다고. 그 목소리가 말했던 것처럼 성민이가 인공지능이라면, 내가 똑같이 만들지 못할 이유가 없었다.

지금은 나름대로 코드를 짜기 시작한 지, 반년이 넘었다. 하지만 그 녀석만큼 완벽한 인공지능을 만드는 건, 초보자인 나에게는 하늘의 별 따기였다. 인공지능 두뇌를 이용한 공부는 잘돼도, 절대적인 개발 시간이 부족했었다.

그래도 희망은 있었다. 연재 중이던 웹소설도 드디어

완결을 냈고, 오늘 있을 출판사 미팅만 잘 끝난다면, 그 땐 정말로, '김성민 프로젝트'에 전념할 수 있을 것이다.

강의 영상의 길이가 예상보다 길어 홈버튼을 눌러 뉴스를 켰다. 뉴스에선 세계 최고의 인공지능 연구자, 김신에 대한 보도가 흘러나오고 있었다.

"김신 박사가 또 한 번 세계를 뒤흔들었습니다. 그가 이끄는 혁신의 물결은 멈출 줄 모르며, 이번 연구를 통해 뇌사자와 그 가족들은 새로운 희망을 품게 됐습니다."

나는 핸드폰 화면을 내려다보며 중얼거렸다.
"김신, 신이라…"
성민아, 조금만 더 기다려 줄래?
아직 해야 할 일이 남았거든.

에필로그

 영상은 '인간들'이 가스에 의해 잠들고, 어딘가에서 기괴한 금속음이 울려 퍼지는 장면으로 끝이 났다. 아버지가 남긴 노트북을 아무리 뒤져봐도 그날 이후의 기록은 없었다. 영상도, 문서도, 아무것도.

 나는 창밖을 바라보았다. 밤하늘은 캄캄했고, 그 앞에서 노트북 불빛이 내 몰골을 비추고 있었다. 앙상한 뺨, 다크서클이 그림자처럼 내려앉은 눈, 노트북 위로 흩어진 흰 머리카락. 며칠 전만 해도 '대한민국에서 가장 건장한 가장'이라 농담하던 내가, 지금은 마치 무덤에서 기어 나온 유령 같았다. 그러나 놀라움도 충격도, 이제는 감당할 체력이 남아 있지 않았다.

 피투성이였던 발에는 이제 말라붙은 핏자국만 남아

있었다. 딱지는 두껍게 굳었고, 손끝으로 건드려도 아무 감각이 없었다. 아픈 건지, 아닌지도 잘 모르겠는 상태였다.

천천히 의자에서 몸을 일으켰다. 굳어버린 관절은 오래된 기계처럼 뚝뚝 소리를 냈고, 움직임은 마치 목각인형 같았다. 그래도 심장이 다시 뛰고 있었다. 그 고동이 온몸을 적시듯 피를 돌렸다. 나는 살아 있었다. 아직은.

쉬지 않고 일해준 눈과 귀를 위해, 침대에 쓰러지듯 몸을 던졌다. 모든 빛과 소리를 차단하고, 오직 내 숨소리와 심장 소리만 허락된 공간. 수십 시간의 무수면 상태는 금세 나를 잠의 세계로 이끌었지만—그 순간, 이성이 속삭였다.

지금은 잠들 시간이 아니라고.

"…아버지."

나지막이, 그러나 깊게 불러보았다. 대답을 바란 건 아니었다. 다만, 묻고 싶은 게 너무 많았다.

영상 속에는 갇힌 사람들만 있었다. 그 실험을 설계하고 지시한 자의 실체는 오직 스피커를 통해 나오는 목소리뿐. 나는 그 목소리를 듣는 순간, 누구인지 알아차렸다. 믿고 싶지 않았을 뿐이다.

가만히 눈을 감고, 영상의 첫 장면부터 다시 떠올렸

다. 순진한 눈빛의 성민. 나와 이름이 같아 처음엔 괜히 친근했지만, 아버지가 만든 로봇이었다니. 놀라운 반전이었다. 그의 미세한 몸짓, 반사 반응, 숨소리조차 인간 그대로였기에, 나는 잠시 잊고 있었다. 그가 기계라는 사실을.

여러 정황으로 보아, 실험은 수십 년 전부터 시작된 듯했다. 21세기 후반인 지금도 혀를 내두를 만큼 정교한 로봇을, 이미 그때 만들어냈다니. 아버지는 경지에 도달해 있었던 것이다.

시계를 보니 새벽 네 시를 훌쩍 넘기고 있었다. '이제는 진짜 자야겠다' 생각하며, 휴대폰 불빛으로 방 안을 훑었다. 잠옷 아래, 무심코 깔려 있던 앨범 하나가 눈에 들어왔다. 아버지의 창고에서 노트북과 함께 챙겨온 그것. 첫 장을 넘기자 아버지와 어린 내가 함께 웃고 있었다. 어머니는 보이지 않았다. 몇 장을 넘겨봐도, 오직 나뿐이었다.

"…그렇겠지."

나는 어머니의 얼굴을 기억하지 못한다. 언제나 웃는 얼굴이었다는 것만, 감각처럼 남아 있을 뿐이다. 어릴 적 아버지에게 물어봤지만, 어머니에 대해서는 단 한 번도 입을 열지 않았다. 이제는 궁금하지도 않았다. 다만, 오늘 같은 날은 어머니를 떠올리며 잠들고 싶은 밤이었다.

앨범을 넘기다 뒷면으로 꽂혀 있는 낡은 사진 하나를 발견했다. 첫 장보다 훨씬 오래된, 누렇게 바랜 사진. '이거라면 아버지와 어머니가 연애하던 시절의 사진이 아닐까?' 하는 기대감에, 사진이 상하지 않게 조심조심 비닐을 벌려 꺼냈다.

사진 속 그녀는 눈처럼 흰 얼굴과 매혹적인 검은 머리칼, 빨간 입술을 지닌 아름다운 여인이었다. 마치 오래된 동화 속에서 막 걸어나온 백설공주처럼. 두 사람은 활짝 웃고 있었다. 연출이 아닌, 진심 어린 행복이었다. 그 사이에서 내가 함께 자랐다면 지금보다 더 행복했을까? 아니. 지금의 내 가족을 만났다는 것만으로도, 난 이미 충분히 축복받았다..

그런데 뭔가 이상했다. 어머니의 단발머리는 분명 아름다웠지만, 어쩐지 긴 생머리가 더 어울릴 것 같다는 느낌이 머릿속을 떠나지 않았다.

"뭐지…? 뭔가 이상한데…"

의문은 본능처럼 손을 움직이게 했다. 덮어두었던 노트북을 다시 펼쳤다. 그리고 그 순간, 나는 그대로 나자빠졌다. 화면 속에서 조용히 잠들어 있는 소희. 그녀의 얼굴이, 이목구비가, 사진 속 어머니와 정확히 일치하고 있었다.

밝게 웃던 모습, 생동감 넘치는 말투, 심지어 나를 바라보던 따뜻한 시선까지. 어렴풋한 기억 속 어머니의 잔상들이, 그녀의 모든 모습에 완벽하게 겹쳐졌다. 비록 사진과 영상 사이에는 수년의 시간이 흘러 있었지만, 나는 확신할 수 있었다. 그녀는, 바로 어머니였다.

탈출에 성공한 네 명의 '인간'이 실은 모두 인공지능이라는 진실은, 사실 처음부터 예감하고 있었다. 아버지 같은 사람이 그런 기회를 놓칠 리 없으니까. 마지막 영상 속 대화는, 인공지능임을 자각한 이들이 그럼에도 인간처럼 살아가기를 선택하는 장면이었다. 하지만 그 순간, 가장 혼란스러운 진실이 내게 닥쳐왔다.

에이프를 만든 아버지와, 아버지가 만들어낸 에이프인 그녀 사이에서 태어난 나. 나는 과연 인간인가? 로봇인가? 우리 아이들은…? 그리고, 아내를 사랑하는 이 감정은 진짜인가?

숨이 막혔다. 심장이 뛰는 소리가, 어느새 기계의 진동처럼 낯설게 느껴졌다.

그날 새벽,
도시에서 사라진 닭의 울음소리 대신
한 남자의 절규가
붉게 타오르는 여명의 하늘을 찢고 울려 퍼졌다.

작가의 말

　인간은 사유할 수 있기에 짐승과 다르다. 그렇다면 인간과 동등한, 어쩌면 그 이상의 능력을 갖추게 된 인공지능과 인간은 무엇이 다를까? 먼 미래에 우리는 그들과 다른 존재임을 어떻게 증명할 수 있을까?
　이 의문에서 시작된 글이 오늘, 마침내 완성됐다. 정확한 날짜는 잊어버렸지만, 딱 작년 이맘때쯤이었던 것 같다. 금요기도회에서 기도하던 순간, 머릿속을 스친 첫 번째 문장이 없었다면 2025년 4월 16일에 이렇게 작가의 말을 쓰고 있을 수는 없었겠지.
　처음에는 그냥 글을 쓰는 게 좋았다. 상상하는 모든 것이 가능한 글의 세계는 그것만으로도 충분한 행복감을 주었다. 하지만 점점 더 욕심이 났던 건 바로, 실물로 된, 손으로 잡을 수 있는 책을 가지고 싶다는 마음이었다.

글을 완성하는 건 어떻게든 해냈지만, 출간을 위해 출판사를 차린다는 생각은 무모했던 건지, 대담했던 건지 여전히 잘 모르겠다. 결과적으로는 펀딩도 성공적으로 마무리됐고, 출간 일정도 입대 전에 간신히 맞췄다.

'자근 출판사'는 '스스로 자(自)', '뿌리 근(根)' 자를 쓴 이름이다. 즉, 스스로의 뿌리를 다듬을 수 있게 도와주는 책을 내는 것이 목표다. 이 소설이 그 목표에 가까웠는지는 독자 여러분의 판단에 맡기겠지만, 내가 최선을 다했다는 사실만큼은 당당히 말할 수 있다.

챗GPT가 등장하고, 점차 인공지능과 인간의 간극이 좁아지고 있는 이 급변의 시대에, 인간다운 삶의 태도에 대해 더욱 깊이 생각하고 고민해야 한다. 누군가에게, 무언가에게 나의 의사결정권을 전부 위임해버린다면, 그를 과연 '인간'이라고 할 수 있을까?

나는 내 글이 정말 사소한 질문 하나라도 남길 수 있다면 그것만으로도 충분하다고 생각한다. 그리고 이 책에서 또 다른 질문거리를 찾아내는 것도 너무 좋다. 글은 소비하는 것이 아니라 간직하는 거라고 믿는다. 그렇기에 다시 읽으면 새로운 것이 보이고, 전에는 쉽게 지나쳤던 부분에서 한 시간씩 고민하게 되는 것 아닐까?

이제는 감사의 말을 전하고자 한다.

가장 먼저, 글쓰기를 마음먹었던 순간부터 지금까지 가장 오래 응원해준 친구가 있다. 대학에서 만난 친구들 중 아마 가장 책을 좋아하고, 가장 많은 글을 쓰고 있을 것이다. 용기를 내 처음 소설을 써볼까 하는 생각을 털어놓았을 때, 진심이 담긴 응원이 돌아오지 않았다면, 아마 시작도 못 했거나 흐지부지 끝났을지도 모르겠다. 유민이가 인스타그램을 지우는 바람에 후원 소식, 출판 소식 등을 직접 카카오톡으로 알려줘야 해서 번거롭긴 했지만, 전혀 싫지 않았다. 언제라도 책을 내고 싶다면 전력으로 도와줄 테니, 편하게 말해주면 좋겠다.

1인 출판사를 세우고 처음 든 생각은 "디자인이며 교정·교열이며 전부 내가 하면 인건비가 0원이잖아?"였다. 실제로 맞는 말이었지만, 그런 일은 거의 불가능에 가깝다는 걸 곧 깨달았다. 원고뿐이라면 몰라도, 아무 지식도 없는 상태에서 끊임없이 교정·교열을 봐야 하고, 디자인 감각도 부족한 내가 모든 짐을 짊어졌다면 지금보다 수십 배는 수준 낮은 책이 나왔을 것이다.

교정·교열은 맡겨만 달라고 하던 은찬이가 초안을 다 읽고 와서는 "각오는 됐어?"라며 치명적인 문제점을 끝도 없이 나열했을 때는 정말 큰일 날 뻔했다는 생각이 들었다. 그리고 동시에, 내가 대충 넘겼던 부분까지 빈틈없이 짚어낼 정도로 정말 열심히 읽어줬다는 걸 알게 되었다. 은찬이가 없었다면 피드백도 받지 않고 낸 책을 누군가에게 보여주기조차 부끄러웠을 것이다. 바쁜 와중에도 최선을 다해줘서 참 고맙다.

표지 디자인을 부탁했던 한이 누나에게 처음 소설의 전말을 알려준 날이 아직도 생생하다. 내용에 맞춰 함께 아이디어를 내는 게 즐거워서 시간 가는 줄 몰랐다. 그리고 세 번 만에 지금의 결과물과 비슷한 디자인이 나왔다. 마감 기한도 촉박했고, 누나의 일정도 있었을 텐데 정말 좋은 표지를 만들어줘서 큰 감사를 전하고 싶다.

또 소설 이야기를 할 때마다 정말 행복해 보인다고 말해줬던 모든 이들과, 지나가는 말로라도 응원해주신 모든 분들께, 한 사람도 빠짐없이 감사드린다.

무엇보다, 군대도 안 간 아들이 출판사를 창업하겠다고 했을 때 오히려 "막을 이유가 전혀 없지 않나?"는 얼굴로, 다양한 경험을 해보는 건 좋은 거라며 누구보다 큰 응원과 홍보를 해주신 부모님께 진심으로 감사드린다.

텀블벅 크라우드 펀딩을 통해 이 책이 출판될 수 있도록 후원해주신 모든 후원자분들의 이름과 닉네임을 이 책에 남깁니다. 부디, 후원해주신 마음에 합당한 책이길 간절히 바라며,

이 모든 은혜와 영광을 하나님께 올려 드립니다.

후원자 명단

함윤호	민정	아영
박채원	yujin	아버지의원대로
진유민	최린	도리
이가영	빵야빵야	황도현
박서아	인영	BTF
이예린	백소영	이정아
곽시은	김달래	삼족오
기우빈	서숙림	김진명
aja****	윤미진	김은선
윤현주	최진숙	김윤서
로즈	Bengi	손동진
윤정일	블루	김태우
최선주	rany****	임다은
윤미화	joohe****	오현석
킴페리	조미래	songkyu
김윤정	김정태	김승현
행동왕	동동25	허준수
두더지	김선영	정준영
강은희	무지개	이자현
최정욱	황인하	민윤호수
안소진	윤지훈	윤현웅
샬롬정민	우엉	김예건
이은호센터장	이수아	김시열
박준영	c3p14	백경임
박영수	이성수	기미정
dollhee	강다솜	

7인의 세계

초판 1쇄 발행 2025년 04월 21일

지은이	이지민
펴낸이	이지민
디자인	강한이
교정교열	하은찬

펴낸곳	자근
주소	인천광역시 서구 청라동 193-1
e-mail	jageunbooks@gmail.com

ISBN 979-11-991682-0-6 (03810)
ⓒ 이지민 2025

• 저작권법에 의해 한국 내에서 보호를 받는 저작물이므로 무단전재와 무단복제를 금합니다.
• 책 내용의 전부 또는 일부를 이용하려면 반드시 저작권자와 자근 양측의 동의를 받아야 합니다.
• 책값은 뒤표지에 있습니다.
• 잘못된 책은 구입하신 곳에서 바꾸어 드립니다.

•자근출판사는 책을 통해 자신의 뿌리를 단단히 다져나갈 수 있는 이야기를 만들고자 합니다.
우리는 질문하는 삶, 성찰하는 글, 나아가고자 하는 의지가 담긴 원고를 기다리고 있습니다.

삶을 꺼내어 보여주는 진심어린 이야기, 함께 나누고 싶은 관점과 사유가 있다면
자근은 그 목소리에 귀 기울이고 싶습니다.

책으로 엮기를 원하는 기획이나 원고가 있으신 분은
간단한 자기소개와 연락처를 포함해 아래 이메일로
보내주세요.

jageunbooks@gmail.com

자근출판사는 책을 통해 성장하려는 독자와 작가를 연결하고, 스스로를 돌아보게 만드는 질문과 생각을 전하는 데 힘쓰겠습니다.